Ein Buch zwei Geschichten

Das Geheimnis der alten Ming-Vasen

und

Letzter Aufruf Afrika

Von Paulo der Erdpate

Impressum

© Text, Fotos & Bilder:
Paulo der Erdpate, Bad Tölz
www.erdpate.de
Porträtbild: Foottoo.de

Herstellung und Verlag: BoD – Books on
Demand, Norderstedt
ISBN 978-3-7481-6786-0

Der Bauer Woh Kann Doo und das Geheimnis der alten Ming-Vasen

Die in dieser Geschichte verwendeten Namen, und Bezeichnungen stammen aus den asiatischen Bewegung- Techniken Tai-Chi und Qi Gong.

Bei dieser Technik wir z.B. der höchste Punkt des Scheitels Bai Hui oder auch „Himmlische Pforte" genannt. Der Bauern Woh Kann Doo hat seinen Hof auf einem sehr sonnigen Hügel, hier finden sich die besten, fruchtbarsten Böden und saftigsten Wiesen. Dieser Hügel heißt ebenfalls Bai Hui.

Die Kuh um die es in dieser Geschichte geht trägt den Namen der Puren Kraft und Energie nämlich Chi. So finden sich für alle Freunde von Thai Chi und Chi Gong viele Namensgleichheuten.

In den Familien der Woh Kann Doos hatten alle den gleichen Namen, es gab als Unterscheidung verschiedene Bezeichnungen wie zum Beispiel der Alte, der Junge, der aus der Stadt Topeu oder die Familie, die am Fluss lebt. Aber alle aus dem Clan hießen Woh Kann Doo. In der Familie, von der in dieser Erzählung berichtet wird, handelt es sich um die Familie Woh Kann Doo, die eine Kuh namens Chie hatte. Dies war seit jeher so. So lange sich die Leute im Dorf erinnern konnten, besaßen sie eine Kuh.

Bis auf wenige Kleintiere, war dies ihr einziger Besitz. Darum wurden sie auch »Die Einkuhbauern« genannt.

Der alte Woh Kann Doo musste mittlerweile 100 Jahre alt gewesen sein. Seine Frau Shen war etwas über 90 Jahre, und man glaubte zu wissen, dass sie, als sie vor etwa 70 Jahren geheiratet hatten, einige Jahre jünger war als ihr Mann.

Der Bauer Woh begnügte sich seit jeher mit dem Ertrag seiner Kuh Chie, also mit ihrer Milch und deren Erzeugnissen.

Trotz ihres einfachen Lebens oder vielleicht gerade deswegen waren die beiden glücklich. Ihr Sohn aber, der junge Woh Kann Doo, war ein ganz anderer Kerl als sein Vater. Er versuchte immer mehrere Geschäfte gleichzeitig zu machen. Die schwere Arbeit, wie Vater und Mutter sie verrichten mussten, waren ihm lästig, und so drückte er sich vor den täglichen Aufgaben am Hof und lungerte herum.

Er kaufte und verkaufte so dies und das und versuchte mit allem, was ihm angeboten wurde, ein Geschäft zu machen. Nur mit dem frühen Aufstehen, mit dem Melken der Kuh und der schweren Arbeit auf den Feldern hatte er es nicht so. Meist waren seine Geschäfte allerdings von geringem Erfolg, und der Vater ermahnte ihn mehr als einmal.

»Verschwende nicht unser schwer verdientes Geld und vergeude nicht deine kostbare Lebenszeit mit immer neuen Geschäftchen, die sowieso nichts einbringen.« Aber der junge Woh hörte nicht auf ihn, er glaubte, mit weniger schwerer Arbeit mehr Geld verdienen zu können. Er wollte Reichtum und sich ein großes Haus kaufen.

»Ich bin ein guter Kaufmann, du wirst es schon noch erleben.«

Dann starb der alte Woh Kann Doo, und sein Sohn erbte den Hof und die einzige

Kuh Chie. Einige Monate später ergab es sich, dass der junge Einkuhbauer Woh Kann Doo, wie er nun von den Leuten im Dorf genannt wurde, in die Stadt musste, um Futter für die Kuh zu kaufen. Dort sollte er einen edlen Kaufmann aus der Hauptstadt kennenlernen, mit dem er ein vielversprechendes Geschäft einfädelte. Er erwarb nämlich von ihm zwei alte Vasen aus der Ming-Dynastie …

Bevor wir von dieser Reise und der Begegnung mit dem Kaufmann berichten, muss ich euch zunächst erzählen, wie es überhaupt dazu kam, dass der junge Einkuhbauer Woh Kann Doo in die Stadt musste, um Futter zu kaufen. Denn all die Jahre zuvor hatte die Familie stets genügend für Ihre Kuh Chie auf ihrem eigenen Land angebaut.

Es war einmal vor langer, langer Zeit.

Der alte Bauer Woh Kann Doo lebte mit seiner Frau Shen und seinem Sohn am Rand eines kleinen Dorfes. Die nächstgrößere Siedlung war das schöne Tanthyenn.

Tanthyenn erreichte man in einer Stunde Fußmarsch. Es gliederte sich in das große und wohlhabende Obere Tanthyenn und das deutlich kleinere und ärmliche Untere Tanthyenn. Hier wohnten in bescheidenen Hütten die einfachen Leute, vielleicht 100 an der Zahl. Das waren Tagelöhner, Feldhelfer, Schuhputzer, und es gab einige kleiner Handwerksbetriebe wie die Schmiede, einen Krämerladen, in dem man fast alles erwerben beziehungsweise tauschen konnte, und einen Mazzebäcker, der Brote anbot. Täglich fand auf dem lehmigen Platz im unteren Teil des Städtchens ein kleiner Markt statt. Hier konnten die Bauern aus der näheren Umgebung ihre Waren und Erzeugnisse feilbieten. Angegliedert war auch ein kleiner Viehmarkt, auf dem meistens nur einige Hühner oder Hasen, seltener Enten und Gänse zu erwerben waren.

Im Oberen Tanthyenn lebten die Kaufleute, lebten Beamte und Großgrundbesitzer in fest gemauerten Steinhäusern. Es gab alle erdenklichen Geschäfte, in denen man die wichtigen und auch die nicht ganz so wichtigen Dinge des Lebens erwerben konnte. Den neuesten Klatsch und Tratsch aus der ganzen Region und natürlich auch Neuigkeiten aus der Hauptstadt gab es kostenlos bei einem kleinen Plausch über die Ladentheke.

Auf dem Hauptplatz stand sogar eine vornehme Herberge. Die Betten waren mit weißen Laken bezogen, und das Gasthaus war für seine guten Speisen und seine süffigen, kühlen Getränke bekannt. Für eine warme, frisch zubereitete Speise hätte ein Bauer aus dem Umland hier seinen ganzen Wochenlohn lassen müssen.

Doch auch wenn der alte Bauer Woh Kann Doo nicht in dem Gasthaus verkehrte, war er auf seine Weise, wie er immer zu sagen pflegte, »wohlhabend«. Stolz blickte er auf sein Land, das die Größe von zehn Reisfeldern hatte und das, schon solange man sich erinnern kann, im Besitz der Familie Doo war. Vor einigen Jahren hatte der Alte sogar noch ein paar Felder dazugekauft.

Die kleine hölzerne Hütte, in der die ganze Familie lebte, und der dazugehörige Stall standen auf einem kleinen Hügel. Die Sonne lachte von morgens bis abends und erhellte das Haus, den Stall und die ganze Anhöhe. Unterhalb des Hügels floss ein kleiner Bach, der sich fröhlich seinen Weg über die Steine suchte.
»Das Beste Wasser im Land«, wie der alte Woo zu sagen pflegte.
Der Bach wurde von einer nahen gelegenen, ergiebigen Quelle gespeist. Auf den angrenzenden, leicht abfallenden Hängen gab es Böden mit guter, fruchtbarer Erde. Hier wuchsen das beste Gras, die nahrhaftesten und gesündesten Kräuter. Selbst auf der Nordseite, wo die Frau des alten Woh Kann Doo, Frau Shen, ein Beet angelegt hatte, gediehen die schönsten und bekömmlichsten Gemüsesorten.

Frau Shen war eine kleine, etwas untersetzte Person mit kurzen rundlichen Beinen. Rote, vor Gesundheit strotzende Wangen beherrschten ihr ganzes Gesicht.

Dass sie körperlich schwere Arbeit verrichten musste, konnte man, obwohl sie nie eine Silbe darüber verlor, an ihren rauen, kräftigen Händen und ihrem mittlerweile etwas gebückten Gang ablesen. Den ganzen Tag war sie am Lächeln, nie kam ein böses Wort über ihre Lippen. Stets war sie bescheiden, genügsam und ebenso glücklich.

Der alte Woh Kann Doo war ein Bauer, wie es ihn nur einmal gab. Mit seiner stattlichen Größe und seinem aufrechten Gang überragte er alle anderen Männer weit und breit – schlank und doch mit breiten kräftigen Schultern ausgestattet. Er hatte Hände so groß wie Teller, und die Kraft, mit der er zupacken konnte, glich der eines Schraubstocks. Durch die tägliche Arbeit in der Natur und an der frischen Luft war seine Haut wie gegerbtes Leder. Seine grünen Augen stachen unter den buschigen Augenbrauen noch immer wie zwei leuchtende Smaragde hervor. Selbst nun, im hohen Alter von fast 100 Jahren, verrichtete er die Arbeit froh und ohne zu murren.
Einige Hühner und zwei kleine braune Ziegen hüpften im Hof umher und

vertrieben sich die Zeit damit, die alte behäbige Katze namens Qi Gong zu ärgern. Außer diesen Tieren lebte nur ein weiteres auf dem Hof.

Es war eine Kuh, sie hieß Chie, und auf diesen Namen hörte sie auch, wenn man sie abends von der Weide in den Stall rief. Diese Kuh verbrachte den ganzen Tag auf den saftigen Wiesen und durfte so viel köstliches Gras und würzige Kräuter fressen, wie sie wollte. Wann immer es ihr gefiel, spazierte sie hinunter zum Bach, um von dem frischen, sprudelnden Wasser zu trinken. Jeden Abend wurde sie liebevoll geputzt und gebürstet.

Von der guten Milch, die Chie dafür gab, konnte Bauer Woh Kann Doo sich und die ganze Familie mit seiner Frau Shen und seinem Sohn ernähren und gut davon leben. Es war sogar so viel, dass er sie nicht allein aufbrauchen konnte. Jeden Tag blieb noch etwas übrig, sodass sich Frau Shen gleich nach dem Melken auf den Weg zum nahe gelegenen Städtchen Tanthyenn machte und sie auf dem Markt anbot. Aus dem Rest machte sie abends nach ihrer Rückkehr sämige Butter und den feinsten Käse. In dem kleinen Käselager neben der Küche kehrte sie täglich die Laibe mit kräftig gewürztem Salzwasser ab. Die Kräuter dafür nahm sie von der Wiese. So durchdrang der charaktervolle Geschmack nach und nach den ganzen Käse.

Durch den Tausch der Butter und der Milch und den Verkauf des würzigen Käses erwarb man Reis, Mehl, Salz, Zucker, und was man sonst noch so zum Leben brauchte. So verbrachte die Familie mit ihrer Kuh Chie glücklich und zufrieden ihre Tage.

Die Leute im Dorf Tanthyenn sagten, es müsse sich bei der Kuh Chie um eine Zauberkuh oder etwas Ähnliches handeln, denn keine ihrer Kühe war auch nur annähernd so alt wie Chie, und keine gab so gute Milch. Dabei erfreute sich Chie auch im hohen Alter allerbester Gesundheit, und wenn sie auf die Weide geführt wurde, hätte man fast glauben können, sie wippe und hüpfe ein wenig vor Freude, als sähe sie jeden Tag, an dem sie mit der Familie Doo leben durfte, als ein Geschenk.

Dann eines Tages spürte der alte Bauer Woh Kann Doo, dass seine Zeit auf der

Erde sich dem Ende zuneigte und er bald sterben würde. Er rief seinen Sohn, der ebenfalls Woh Kann Doo hieß, zu sich und ließ ihn neben sich Platz nehmen:

»Mein Junge, hör', was ich dir zu sagen habe. Ich werde nun bald ins Land meiner Ahnen ziehen, du bleibst hier und kümmerst dich um unsere Familie. Ich vermache dir das Wertvollste auf dieser Welt.«

Der junge Woh bekam glänzende Augen. Er hoffte auf einen Batzen Geld, mit dem er wieder irgendwelche Geschäfte machen konnte. Denn der junge Woh Kann Doo war ganz anders als seine Eltern. Er war ein Tunichtgut, ein Faulenzer, lag am liebsten den ganzen Tag auf der Wiese und wollte von der Arbeit nichts wissen. Schon als junger Kerl hatte er sich davor gedrückt und war lieber irgendwohin verschwunden. Abends, wenn die Arbeit verrichtet war, kam er zurück. Vater Woh versuchte sein Verhalten zu entschuldigen. Wie oft verteidigte er seinen Sohn mit den Worten: »Er ist ein Nachzügler, er braucht eben etwas länger, aber ich bin mir sicher, wenn er später einmal seine eigene Familie ernähren muss, wird er sich am Riemen reißen.«

Als der junge Woh seinen alten Vater auf dem Sterbebett sah, wurde ihm klar, dass er wohl bald die schwere Arbeit im Stall und auf dem Feld übernehmen müsse. Aber mit dem Geld, das er erben würde, könnte er sich vielleicht einen Knecht einstellen.

Mit Schrecken sah der alte Woh das Feuer der Gier in den Augen seines Sohnes und sprach dennoch ruhig und mit sanfter Stimme weiter.

»Ich vermache dir einen wertvollen Schatz, nämlich unsere Kuh Chie. Sie stellt einen großen Reichtum dar.«

Dem jungen Woh fiel vor Enttäuschung fast der Unterkiefer aus dem Gesicht. Er stammelte, brachte aber kein vernünftiges Wort heraus.

»Schweig' und warte, was ich zu sagen habe. Hoffe nicht auf Gold und unermesslichen Reichtum, Glück und glücklich leben ist nicht vom Besitz teurer Güter abhängig.

Chie ist das Wertvollste, was ich je besaß. Diese Kuh habe ich schon von meinem Vater erhalten und er hat sie wiederum von seinem. Sie begleitet unsere Familie schon sehr lange.«

Der junge Woh wollte den Vater unterbrechen, dieser gab ihm aber ein unmissverständliches Zeichen zu schweigen und ihm zuzuhören.

»Achte auf sie, denn sie ist etwas ganz Besonderes. Gib' ihr sommers wie winters nur das Beste Futter, die ausgesuchtesten Kräuter, das reinste Wasser, das du finden kannst, und lass' sie teilhaben an deinem Familienleben. Lass' sie in deiner Hütte leben und behandle sie, als wäre sie eines deiner Kinder. Achte stets darauf, dass sie ein sauberes, trockenes Lager hat, kontrolliere ihre Klauen und pflege ihre Zähne. Striegele und bürste sie mit der gleichen Zärtlichkeit, wie eine Mutter ihre Kinder behandelt. Führe sie jeden Tag auf die Wiese und lass sie dort grasen. Rede mit ihr, erzähl' ihr von deinen Gedanken, deinen Abenteuern, deinen Erlebnissen und deinen Sorgen. Erzähle ihr auch von den schönen Dingen und den kleinen Missgeschicken, die dir widerfahren werden, diese Geschichten mag Chie ganz besonders. Manchmal hatte ich beim Erzählen meiner jugendlichen

Missgeschicke sogar das Gefühl, dass sie ein wenig schadenfroh ist.«

Er machte eine kleine Pause, sah seinem Sohn in die matten, enttäuschten Augen und fuhr fort.

»Sei nicht traurig, denn wenn du aufmerksam bist, kannst du ihr Lachen und ihre Freude erkennen. Bevor du dich an deinem Tisch sättigst, kümmere dich um sie, setze dich ein Weilchen zu ihr. Schau ihr zu, wie sie speist, wie sie trinkt, und beobachte sie genau.

Wenn du ein aufmerksamer und geduldiger Betrachter bist, wird dir Chie auch von ihren Begegnungen und ihren Erlebnissen des Tages erzählen. Und vergiss das Wichtigste nicht: Denk stets daran, dich jeden Tag bei ihr zu bedanken, dass sie bei dir lebt und dich mit allem versorgt, was du zum Leben brauchst.«

Der alte Woh legte nochmals eine kleine Pause ein, das Atmen fiel ihm schwer, dann aber nach einer kleinen Weile sprach er weiter:

»Kümmere dich um sie, und sie wird dich und deine ganze Familie reichhaltig beschenken.«

Der Sohn hatte sich einigermaßen gefasst, verneigte sich und sprach: »Ja Vater, das will ich tun.« Trotz seiner Enttäuschung gab er seinem Vater dieses Versprechen auf dem Sterbebett. Der schloss zufrieden die Augen und schlief mit einem Lächlen auf den Lippen für immer ein.

Nur wenige Tage später folgte Frau Shen ihrem Mann ins Reich der Ahnen.

Ihr Platz war an seiner Seite, nur dort wollte sie sein, so ging auch sie ohne Traurigkeit aus dieser Welt. In den letzten Stunden rief sie die Frau ihres Sohnes, die auf den Namen Bai Hui hörte, zu sich und sprach:

»Mein Kind, auch ich werde euch schon bald verlassen.«

Die junge Frau war wie gelähmt, und im nächsten Moment flossen Tränen über ihre Wangen.

»Weine nicht«, sprach Frau Shen mit sanfter Stimme, »es gibt keinen Grund zur Trauer.«

Bai Hui fuhr sich über das Gesicht und sprach:

»Mutter, du hast dein Leben lang hart gearbeitet, immer warst du auf dem Feld, im Stall, in der Küche oder auf dem Markt, du hattest so ein schweres Leben. Und jetzt musst du sterben.«

»Schwer nennst du das? Ich hatte das schönste Leben, von dem ich je zu träumen wagte. Ich konnte und durfte jeden Tag mit der Sonne aufstehen, meine Hände und auch meine Füße waren mir fleißige und gehorsame Helfer, und mein Kopf und meine Gedanken sind so klar und rein wie der kühle Morgentau. An meiner Seite fand ich einen Freund. Nein, ich hatte kein schlechtes Leben. Viele Menschen würden ihr ganzes Leben hingeben, um mit mir einen Monat zu tauschen. Ich war stets zufrieden, und so werde ich auch diesen letzten Weg zurücklegen, voller Dankbarkeit und Zuversicht.«

Die junge Frau sah und erkannte die tiefe Freude und das Glück in den Augen der alten Frau Shen, sie war erleichtert und nickte.

»Ja, du hast Recht, ein erfülltes und ereignisreiches Leben hattest du, geh' schon mal ein Stück voraus auf diesem Weg, wir werden uns sicherlich wieder sehen.« Dennoch überfiel Bai Hui Trauer und Kummer, wenn sie an die Zukunft ohne die beiden Alten dachte.

»Warte mein Kind«, sprach Frau Shen, »ich möchte dir noch etwas sagen. In all den Jahren habe ich jeden Tag von dem Geld, das wir auf dem Markt verdient haben, ein kleines bisschen weggelegt. Von Monat zu Monat wurde es ein wenig mehr. Nach einem Jahr war es bereits ein Silberstück und nach zehn Jahren ein Goldstück. So habe ich Tag für Tag gespart, und bis heute sind es fünf Goldstücke geworden. Ich vermache dir dieses Geld, es soll euch helfen, wenn ihr einmal in großer Not seid. Hüte diesen Schatz, und behalte ihn nur für dich und deine Kinder, die du hoffentlich einmal haben wirst.

Sag meinem Sohn nichts von diesem Gold, denn er würde es nur verschwenden. Sei ihm behilflich, damit er, wenn ich nicht mehr bin, auf den rechten Pfad findet!«

»Danke, vielen Dank, liebe Mutter«, sprach die junge Frau. »Ich werde gut darauf aufpassen, du kannst es mir anvertrauen.«

Die Alte legte den Kopf zur Seite, gab Bai Hui ein Zeichen mit dem Finger, näher zu kommen, und flüsterte ihr ins Ohr.

»Ich habe es gut versteckt, wenn du in größter Not bist, wirst du es finden.«

»Ja, aber wo hast du es versteckt, wo? Ich kann doch nicht das ganze Haus, den Stall und den Wald absuchen?«

»Sei beruhigt, es befindet sich an einem sicheren Ort, vertraue mir.«

»Nun gut, ich vertraue dir«, sprach Bai Hui, die die Alte von Herzen gern hatte.

»Noch eins möchte ich dir geben. Öffne den Schrank und bring mir meinen Mantel.«

Die junge Frau gehorchte und legte den Mantel der Alten über das Bett.

»Schau Kind, auch diesen Mantel will ich dir schenken. Er ist schon sehr alt und oft getragen, ich habe ihn von meiner Mutter, er ist an den Nähten verschlissen, aber dennoch gut zu tragen. Er hat eine Kapuze, die schützt deine Ohren und deinen Kopf. Er hat lange und gefütterte Ärmel, er wird dich wärmen, er hat einen Gürtel, den du umschnallen kannst, sodass er selbst im größten Regen dicht ist, und sein Saum ist schwer, damit er im Sturm nicht davonfliegt.«

Die Alte legte den etwas modrig riechenden Mantel in die Hände der jungen Frau.

»Pflege ihn, er ist ein altes Familienerbstück und bei starkem Wind und Regen Gold wert.«

»Hab Dank!«, sagte die junge Frau, und als sie ihre Augen von dem Mantel ins Gesicht der Alten schweifen lies, war diese bereits friedvoll aus dieser Welt gegangen. Sie trug ein zufriedenes und glückliches Lächeln auf den Lippen genau wie ihr Mann einige Tage zuvor. Noch immer strahlten ihre roten Wangen. Das Geheimnis um das Versteck der Goldstücke nahm sie jedoch mit ins Grab.

Als die junge Frau nach einer Zeit des Abschiedes mit hängendem Kopf aus dem Sterbezimmer trat, fuhr der junge Woh sie an.

»Ist sie …?«
»Ja«, seufzte Bai Hui.

»Hat dir die Alte erzählt, wo sie das Geld versteckt hat?«

»Nein hat sie nicht, sie sagte nur, es sei an einem sicheren Platz. Sie ist noch nicht einmal eine Stunde tot, und du denkst nur ans Geld? Schäm dich.«

Bai Hui war entsetzt darüber, wie respektlos ihr Mann von seiner Mutter sprach.

Sechs Tage nach dem Tod des alten Woh und nach der Beisetzung seiner Mutter sagte der junge Woh Kann Doo zu seiner Frau:

»Menge ab sofort ein bisschen Wasser unter die Milch, dann haben wir täglich einen Eimer mehr zu verkaufen, keiner wird etwas merken, und wir haben am Abend mehr Geld verdient.«

Die junge Frau widersprach.

»Wir haben noch nie Wasser unter die Milch gemischt, Vater und Mutter würden das nie zulassen.«

»Papperlapapp, die Alten leben nicht mehr, und jetzt machen wir es so, wie ich es für richtig halte.«

Die junge Frau erwiderte abermals: »Wenn ich Kunde wäre, würde mir das ganz und gar nicht gefallen.«

»Ach was, ich sagte dir, das merkt niemand, mach', was ich dir sage. Und in

Zukunft wirst du schweigen, wenn ich etwas befehle.«

Die eingeschüchterte Frau nickte und gehorchte. Nach einer weiteren Woche machte sich der junge Woh daran, den Kuhstall auszumessen.
»Was machst du da?«, wollte Bai Hui wissen.
»Das will ich dir sagen«, erwiderte er mit Zorn und Wut in der Stimme.

»Chies Stall ist der hellste und sonnigste Raum am ganzen Hof. Dieser schöne, große Raum ist viel zu schade, um als Kuhstall zu dienen, ich werde ein weiteres Fenster einbauen und ihn zu meiner Werkstatt machen.
Der Kuh gebe ich den kleinen Schuppen an der Nordseite, dort geht es ihr genauso gut.«

Er schubste seine Frau zur Seite und schickte sie zur Feldarbeit. Als Bai Hui am Abend sah, das er der Kuh tatsächlich den Schuppen an der Nordseite mit nur einem winzigen Fenster geben wollte, sprach sie:
»Hier prasselt im Herbst der Regen an die dünnen Bretter, und durch die Schlitze fegt

im Winter der kalte Wind. Es ist feucht und zugig. Wenn ich Kuh wäre, dann würde mir dieser Stall nicht gefallen. Lass' sie doch auf der anderen Seite unseres Hauses, da hat sie es schön warm und hell und kann vom Fenster aus auf die Wiese und auf den Bach sehen.«

»Nichts da«, erwiderte der Bauer, »das helle Licht und das große Fenster kann ich für meine Arbeit gut gebrauchen.«
Bereits am nächsten Tag wurde Chie in dem kleinen dunklen Stall eingesperrt.
Der Bauer verkroch sich immer mehr in seiner Werkstatt und fand kaum noch Zeit, sich um die Kuh zu sorgen.
Aber er arbeitete nichts, nein, er wurde von Tag zu Tag fauler, er glaubte nicht arbeiten zu müssen, denn die Familie hatte durch den Verkauf der Milch ja immer gut leben können.
Diese blöde Kuh, dachte er bei sich.
Seit ich ein kleiner Junge war, hörte ich immer nur: »Schau nach der Kuh, hat sie auch genügend frisches Gras, ist der Wassereimer gut gefüllt? Tu dies, tu das.«
Mit diesem verhätschelnden Getue hat es jetzt ein Ende. Sie ist eine Kuh, und genauso wird sie auch behandelt.

Als seine Frau sah, dass sich der junge Woh kaum noch um die Kuh sorgte, sagte sie:

»Du musst dich mehr um Chie kümmern, führ' sie auf die Weide und hol' ihr frisches Wasser. Oder gib mir den Schlüssel zum Schuppen, dann mach' ich das. Wenn ich Kuh wäre, dann würde mir das nicht gefallen.«

»Du sollst die Kuh melken und die Milch auf dem Markt verkaufen und nicht immer an mir herummeckern. Misch' noch ein bisschen mehr Wasser unter die Milch, dann kannst du mehr verkaufen, und wir haben noch mehr Geld.«

Die Frau wagte abermals zu widersprechen:

»Wasser in der Milch, das ist doch Betrug, und die Leute werden den Schwindel bemerken. Sie werden schlecht über uns und unsere Kuh reden. Wenn ich Kuh wäre, dann würde mir das nicht gefallen.«

Der junge Woh machte eine abfällige Handbewegung. »Sorg' dich nicht um das dumme Geschwätz der Leute, die haben sowieso keine Ahnung, mach' lieber deine

Hausarbeit«, befahl er jetzt noch etwas lauter.

Noch einmal wollte die Frau widersprechen, aber der junge Woh winkte ab und kümmerte sich nicht um ihre Einwände.
Er hatte die Kuh eingesperrt. Oft musste sie tagelang im dunklen, schlecht gelüfteten Stall stehen. Der Boden wurde nicht ausgemistet, und frisches Wasser gab es auch nur noch einmal in der Woche.
Abends, wenn der junge Woh sich auf seinem Bett ausgestreckt hatte, schlich sich Bai Hui unbemerkt zum Bach und holte wenigstens einen kleinen Eimer Quellwasser. Vom Tischler aus dem Dorf hatte sie ein wenig Sägespäne erhalten, die streute sie der Kuh als Lager auf den Boden.

Nach einer Weile konnte die junge Frau ihren Unmut nicht mehr zurückhalten und sprach:
»Ich finde, dass unsere Mich nicht mehr so sahnig und gut schmeckt wie früher. Chie geht es nicht gut, und wenn ich weiter Wasser unter die Milch mische, wird sie

nach nichts außer nach Wasser schmecken.«

»Das bildest du dir nur ein«, versuchte Woh abzuwiegeln, »die Milch schmeckt noch genauso gut wie früher, ich trinke sie doch auch immer.«

Einige Tage später zog der Schmied durch das Dorf und jeder im Umkreis des Städtchens Tanthyenn ließ seinen Tieren die Hufe oder Klauen schneiden.

»Der Schmied ist im Dorf«, erinnerte die junge Frau ihren Mann.

»Ja und?«

»Willst du Chie nicht zu ihm bringen, damit er ihre Klauen schneiden und sie ordentlich gehen und ohne Schmerzen auftreten kann?«

»Ich denke nicht daran«, erwiderte der junge Woh.

»Diesmal sparen wir uns das Geld für den Schmied, und wenn er im Winter noch mal kommt, kann er der Kuh die Klauen schneiden.«

Als die Frau das hörte, sprach sie traurig: »Wenn ich Kuh wäre, dann würde mir das nicht gefallen.«

»Man merkt, dass du von Tierhaltung keine Ahnung hast, schweig' und mach' deine Hausarbeit.«

Die Frau wagte nicht, noch einmal dem Mann, der immer jähzorniger und eigenwilliger wurde, zu widersprechen, und ging verängstigt an ihre Arbeit.

Wenn Bai Hui Frau vom Markt kam, musste sie auf Heller und Pfennig mit ihrem Mann abrechnen, er steckte das ganze Geld ein und lies ihr nur den allernötigsten Rest. Im Dorf wurde bereits schlecht über den jungen Woh und auch über Chie geredet. Die Milch wurde immer dünner, und die Käufer bemerkten den Schwindel mit dem Wasser. Die Leute im Dorf erkannten aber auch, dass die Kuh und Bai Hui keine Schuld traf, sondern der junge Bauer raffgierig und böse war.

»Er ist geizig und von Gier zerfressen. Die Kuh und die Frau müssen darunter leiden. Der alte Woh würde ihm seine Flausen schon austreiben«, tuschelten sie. Aber der alte Woh lebte nicht mehr, und so konnte der junge Woh tun und lassen, was ihm gefiel. Auch bemerkten die Leute am Geschmack der Milch, das Chie nicht mehr auf die Weide durfte und kein frisches

Gras bekam und auch kein sauberes Wasser trinken konnte.

Und Chie ging es von Tag zu Tag schlechter. Sie war müde. Müde des Lebens, denn so schlecht war sie noch nie behandelt worden. Sie war erschöpft und wirkte das erste Mal verbraucht und entkräftet.

Von Tag zu Tag wurde Chie trauriger, sie lies den Kopf hängen und wollte das schlechte, zum Teil schimmlige Gras nicht mehr richtig fressen. Auch das abgestandene Wasser wollte sie nicht trinken, obwohl sie großen Durst hatte.

Eines Tages träumte die Kuh vom alten Bauern, obwohl er bereits tot war und ihr Leid nicht mehr hören konnte.

»Bedauerlicherweise bist du nicht mehr bei uns, dein Großvater, dein Vater und auch du, ihr habt euch immer gut um mich gekümmert. Und ich gab meine Milch mit großer Freude und Dankbarkeit. Erst jetzt verstehe ich meine Artgenossen, die anderen Kühe, die mir immer wieder erzählten, sie seien alt und müde. Die Menschen, bei denen sie lebten und denen sie über Jahre hinweg mit ihrer Milch dienten, versorgten sie nicht ausreichend.

Ich verstehe nun auch, wieso diese Kühe alle schon lange tot sind. Und ich verstehe nun auch, warum ich so alt geworden bin. Es gab für mich all die Jahrhunderte, die ich schon bei deiner Familie sein durfte, keinen einzigen Grund fürs Alt- und Schwachwerden oder sogar, an den Tod zu denken. Und der Gedanke, dass der Tod ein besseres Leben bringen könnte, war mir bis heute fremd.«

Chie senkte das Haupt und begann von einem anderen Leben, ihrem Leben beim alten Woh zu träumen. »Ach, war das schön, ein Tag schöner als der andere. Ein Geschenk größer und barmherziger als das andere.« Chie ließ sich auf den nassen, stinkenden Boden nieder und schlief vor Erschöpfung ein.

Als noch mal einige Tage vergangen waren, sprach Bai Hui:

»Unsere Kuh gibt seit einigen Tagen fast keine Milch mehr, viel weniger als früher, und die Nachbarn, denen ich immer Milch verkaufen konnte, wollen uns nicht mehr den vollen Preis bezahlen.«

»Wieso denn nicht?«

»Sie tuscheln, und man sagt, es läge an der schlechten Pflege unserer Kuh. Und wenn ihre Milch nicht besser wird, wollen sie Milch und Käse zukünftig bei einem anderen Bauern kaufen.«

Die junge Frau machte eine kleine Pause und schaute ihrem Mann ins Gesicht.

»Ich glaube, die Leute haben Recht. Wir sollten kein Wasser unter die Milch mischen, und du solltest dich sofort um Chie kümmern, sie auf die Wiese führen und ihren Stall ausmisten. Gib mir den Schlüssel zum Stall, dann kümmere ich mich selbst darum. Wenn ich Kuh wäre, dann würde, mir das nicht gefallen.«

»Du hast keine Ahnung von Tierhaltung. Meinetwegen verdünn' die Milch eben nicht mehr so stark mit Wasser, dass wir sie weiterverkaufen können«, erwiderte der unverbesserliche junge Woh.

»Du musst dich um Chie kümmern und sie wieder umstellen.«

»Die Kuh ist doch dumm, sie merkt keinen Unterschied, in welchem Stall sie steht. Und ob sie ein bisschen weniger raus auf die Wiese darf, merkt sie auch nicht. Im Übrigen haben wir genügend Heuvorrat vom letzten Sommer, gib ihr das, dann müssen wir sie nicht dauernd rein und raus lassen.«

»Aber das Gras auf der Wiese ist doch viel frischer und schmackiger«, erwiderte die Frau. »Und wenn wir jetzt schon unseren Heuvorrat verfüttern, haben wir im Winter nichts mehr.«

»Alles Quatsch, verkauf' die Milch zur Not ein bisschen billiger, dann verdienen wir immer noch genug daran, und wenn unser Vorrat an Heu wirklich aufgebraucht ist, kaufen wir von dem verdienten Geld auf dem Markt einfach neues.«

Die Wochen vergingen, der Herbst hielt Einzug, und schon bald kamen die ersten Nachtfröste und ließen das hohe Gras und die Kräuter auf den Wiesen gefrieren. Als der Bauer bemerkte, dass seine Sommervorräte an Heu und Kräutern fast aufgebraucht waren, wollte er die Kuh nun doch auf die Wiese stellen.

Chie trottete trotz der Schmerzen in ihren Klauen und Gelenken dem jungen Woh hinterher, und mit jedem Schritt, der sie näher zur Wiese brachte, freute sie sich mehr auf die frischen Gräser.

Sie konnte nicht mehr so schnell gehen, denn ihre Klauen waren zu lang und durch die schlechte Pflege innen ganz aufgeweicht, faul und eitrig.

Mit ihren Lippen schob sie sanft das hohe Gras zur Seite, aber sie fand nur hier und da noch ein wenig Grünfutter, durch den Frost waren die Pflanzen nicht mehr genießbar, und so musste Chie am Abend hungrig zurück in ihren Stall.

Als die Frau sah, dass die Futterlager fast leer waren und auf den Wiesen nichts Essbares für die Kuh zu finden war, sprach sie:

»Chie geht es schlecht, ich glaube, wir müssen einen Viehdoktor rufen, sie braucht Hilfe.«

»Einen Tierarzt, weißt du, wie viel das kostet, bist du verrückt? Kommt überhaupt nicht in Frage. Du wirst sehen, in ein paar Tagen geht es ihr bestimmt wieder besser.«

Noch einmal sagte die Frau:

»Wir haben kaum noch Futter. Chie ist schwach und krank, und du kümmerst dich nicht um sie. Wenn ich Kuh wäre, dann würde, mir das nicht gefallen.«

»Das ist doch kein Problem, ich gehe morgen zu unserem Nachbarn und kaufe ein wenig Heu.«

»Würdest du das wirklich machen?«, fragte die Frau überrascht.

»Ja, warum denn nicht, ich will doch, daß die Kuh wieder mehr und bessere Milch gibt, dann haben auch wir wieder mehr Geld.«

Die junge Frau schüttelte betrübt den Kopf: Es geht ihm nur ums Geld, die Kuh ist ihm egal.

Als der junge Woh man nächsten Tag bei seinem Nachbarn war, um das Heu zu begutachten, stellte er fest, dass es von minderer Qualität war, es roch feucht und nicht nach frischen Wiesen, so wie er das von seinem Heu gewohnt war. Dieses Heu war um ein Vielfaches schlechter als sein eigenes, und er sprach:

»Das Heu ist nichts Besonderes.«

»Ja«, sagte der Nachbar, »ich weiß, dass es nicht so gut ist wie deins, denn du hast die besseren Böden. Deine Wiesen erhalten die meisten Sonnenstunden. Ich würde dir auch sofort davon etwas abkaufen.«

Woh Kann Doo witterte ein Geschäft, und sprach:

»Hör', Nachbar, ich mache dir einen Vorschlag. Ich bringe dir meine letzten drei Sack bestes Futter, du gibst mir dafür fünf Sack, und weil mein Futter viel besser ist als das deine, gibst du mir noch zwei Silberstücke dazu.«

Der Nachbar musste nicht lange überlegen.

Ein so gutes Heu, dachte er bei sich, finde ich im ganzen Tal nicht mehr, und was nutzen mir die Silberstücke, die kann ich im Winter nicht an meine Tiere verfüttern.

Sie wurden sich handelseinig. Der junge Woh hatte seine letzten Säcke mit dem guten Futter verkauft und dafür fünf Sack schimmliges Heu erhalten. Er glaubte aber trotzdem an ein gutes Geschäft, denn schließlich hatte er ja auch noch zwei Silberstücke in der Tasche. Voller Stolz berichtete er Bai Hui davon.

Die Frau des Bauern konnte nicht glauben, was sie hörte.

»Du hast tatsächlich unser letztes gutes Futter gegen dieses schimmlige Zeug getauscht?«

»Ha, nein, nicht nur getauscht«, erwiderte der junge Woh.

»Ich habe sogar zwei Sack mehr erhalten und noch zwei Silberstücke obendrein verdient.«

»Und dieses schlechte Heu, das nicht einmal den Namen Heu verdient, willst du nun Chie verfüttern?«

»Ja klar, Heu ist Heu, sie wird den Unterschied nicht mal merken, gib ihr einfach ein bisschen mehr.«

»Wenn ich Kuh wäre, dann würde, mir das nicht gefallen«, sprach die Frau leise und ging mit gesenktem Kopf in die Hütte.

Chie ging es von Tag zu Tag schlechter, das schimmlige Futter rührte sie nicht mehr an und das abgestandene, übel riechende Wasser wollte sie nicht mehr trinken. Der junge Woh erwischte seine Frau, wie diese ihr heimlich frisches Wasser geben wollte und verbot ihr, in die Nähe des Stalls zu gehen.

Sie durfte sich nicht mehr um die Kuh kümmern, der junge Woh hatte den Schuppen mit einem zweiten Schloss gesichert und ließ seine Frau nur noch zum Melken in den Stall. Aber schon bald gab es nichts mehr zu melken, die wenige Milch, die aus dem Euter tropfte, roch unangenehm und schmeckte so bitter, dass man sie nur noch wegschütten konnte.

Chie wurde krank, und ordentliches Futter war keins mehr da. Die Säcke des Nachbarn waren so schlecht, dass die Frau sie in den Wald trug und dort unter die Bäume warf.

Am nächsten Tag erhielt Bai Hui Besuch von einer Bekannten aus dem Nachbardorf Tao. Sie unterhielten sich bei einer Tasse Tee, und als die Nachbarin bemerkte, dass ihre Gastgeberin traurig war, fragte sie, was denn der Grund für ihren Kummer wäre. Frau Woh begann von ihrem Mann zu erzählten, der immer und überall sparen und das beste Geschäft machen wollte.

»Er glaubt von sich, er sei der beste Geschäftsmann weit und breit. Wir aber haben kaum noch etwas zu essen. Und unsere Kuh gibt schon lange keine Milch mehr, es geht ihr von Tag zu Tag schlechter. Ich hoffe, er wird bald Futter für Chie besorgen.«

Die Nachbarin hatte Mitleid mit der Frau und bot ihr ein Tauschgeschäft an. Frau Woh nickte und war mit jedem Tausch einverstanden.

»Ich kann dir vielleicht helfen. Wenn du mir dein rotes Sonntagskleid gibst, bringe ich dir einen Sack von unserem guten Sommerheu.«

»Du meinst mein Festkleid, das ich von meiner Mutter zur Hochzeit erhalten habe?«

Dieses Kleid war mit Goldfäden und bunten Glasperlen bestickt, ein sehr kostbares und seltenes Gewand.

»Wie du weißt, hat meine Mutter dieses Kleid bereits von ihrer Mutter erhalten, es darf nie aus unserer Familie und von einer anderen Frau getragen werden.«

»Nun gut«, sagte die Nachbarin, »ich versteh', dass du an diesem Kleid besonders hängst, ich gebe dir drei Sack von unserem besten Futter, denn dieses Gewand hat mir schon immer gut gefallen.«

Frau Woh war traurig und wütend auf ihren Mann, der sie in diese Situation gebracht hatte. Niemals hätte sie dieses Kleid hergeben dürfen, trotzdem willigte sie in dieses Tauschgeschäft ein, der Kuh zuliebe. Noch am gleichen Abend wurden die versprochenen Säcke geliefert.

Frau Woh hatte auf der Rückseite des Schuppens einige Bretter gelockert, dort konnte sie, ohne dass es ihr Mann erfuhr, zu Chie in den Stall.

Als Chie das frisch duftende Heu sah, freute sie sich. Sie begann zu kauen, und mit jedem Bissen kam ihr verloren gegangener Appetit zurück.

Der Kuh schmeckte dieses Heu vorzüglich, und auch das frische Wasser, das die Frau heimlich vom Bach geholt hatte, trank sie in einem Zug leer. Chie hob das erste Mal seit Wochen den Kopf, und fast hätte man glauben können, sie lächelte.
Frau Woh war glücklich, der Kuh geholfen zu haben. Ihr Mann kümmerte sich nun überhaupt nicht mehr um Chie, und so bemerkte er auch die Fütterungen nicht.

Aber nach einiger Zeit war auch dieses Futter fast aufgebraucht, und Chie bekam schon wieder weniger zum Fressen.
Die Frau mochte sich die arme Kuh nicht länger ansehen. Abgemagert und schmutzig stand sie da in ihrem düsteren windigen Stall.
Unter ihrem matten und schmierigen Fell standen bereits die Knochen hervor, an den Gelenken hatte sie offene, eitrige Schürfstellen, und ihre Augenlieder waren blutrot unterlaufen. Dieses jämmerliche Bild der einst so stolzen und glücklichen Kuh vor Augen, entschloss sich Bai Hui, die Goldstücke, die sie von der Schwiegermutter geerbt hatte, zu suchen. Angestrengt überlegte sie Stunde um Stunde, wo sie versteckt sein könnten. Sie

erinnerte sich an die letzten Worte der Alten:

»Dieses Gold soll dir in Zeiten der Not dienen.«

Wie sie auch überlegte, das Versteck kam ihr nicht in den Sinn. Sie begann zu suchen, und auch ihr Mann, der von Raffgier besessen war, half ihr dabei. Bai Hui schöpfte die vergebliche Hoffnung, dass bei ihrem Mann doch noch ein Funken Tierliebe vorhanden sei. Wenn ich das Gold in Händen halte, werde ich mir eine gute Einrichtung für meine Werkstatt kaufen, dachte sich indes der junge Woh.

Sie durchwühlten alles, das Haus, den Stall und auch den alten Schuppen. Aber sie fanden nichts. Das Gold schien wie vom Erdboden verschluckt. Wie besessen suchte der junge Woh die ganze Nacht weiter.

Ihm wurde klar, dass dieses Gold die letzte Rettung war. Allerdings machte er sich dabei weniger Sorgen um Chie. Vielmehr fürchtete er, falls Chie sterben sollte, dass er einer geregelten Arbeit nachgehen müsse. Dann hätte er jeden Morgen in der Früh aufstehen und auf den Feldern der anderen Bauern helfen müssen. Sein bequemes Leben wäre beendet. Allein, das Gold blieb verschwunden.

Müde, traurig und enttäuscht ließ sich die Frau auf ihrem Bett nieder und weinte um die Kuh Chie, die jetzt wahrscheinlich sterben musste. Nach einer kurzen und ruhelosen Nacht wachte sie mit den ersten Sonnenstrahlen auf.

Erst nach und nach kam die Erinnerung an den Traum zurück. Sie wähnte sich noch einmal am Sterbebett ihrer Schwiegermutter und vernahm deren Worte.

»Schau', Kind, auch diesen Mantel will ich dir schenken. Er ist schon sehr alt, und oft getragen, ich habe ihn von meiner Mutter, er ist an den Nähten schon verschlissen, aber dennoch gut zu tragen.«

Klar und deutlich hörte dann die junge Frau :

»Er hat eine Kapuze, die schützt deine Ohren und deinen Kopf. Er hat lange und gefütterte Ärmel, er wird dich wärmen, er hat einen Gürtel, den du umschnallen kannst, sodass er selbst im größten Regen dicht ist, und sein Saum ist schwer, damit er im Sturm nicht davonfliegt. Pflege ihn, er ist ein altes Familienerbstück und bei Wind und Wetter Gold wert.«

Diese Worte klangen Bai Hui noch lange im Ohr. Wie gewohnt begann sie mit ihrer Hausarbeit.

Am Nachmittag schlich sie sich trotz des Verbots zu Chie. Sie wollte der Kuh frisches Wasser geben.

»Hier, trink. Es tut mir alles so leid. Trink wenigstens ein bisschen Wasser, ich habe es vom Bach geholt.«

Sie wollte die Kuh ein wenig streicheln und trösten, und als sie ihre traurigen, trüben Augen sah, kniete sie sich nieder und begann jämmerlich zu weinen.

»Ich möchte mich bei dir entschuldigen«, seufzte sie.

»Es tut mir leid, wie wir dich behandelt haben, ich werde versuchen, frisches Futter zu erwerben und dich jeden Tag an die frische Luft und auf die Weide führen. Ich muss nur noch einen Weg finden, dieses Futter zu kaufen, denn mein Mann hat mir all meine Ersparnisse genommen.«

Langsam hob die Kuh den Kopf, als hätte sie es verstanden, und blickte der jungen Frau in die Augen.

Eine Träne kullerte Chie über ihre spitzen Backenknochen. Wie hypnotisiert starrte Bai Hui auf diese dicke Träne, sie konnte ihren Blick nicht abwenden. Und mit der Zeit glaubte sie in dieser Träne etwas zu erkennen. Und tatsächlich: Bei genauerem Hinsehen gewahrte sie das Ebenbild ihrer Schwiegermutter.

Erschrocken fragte sie:
»Was machst du hier, wie kommt dein Bild in diese Träne?«
»Hör', was ich dir zu sagen habe. Du träumst nicht, ich bin es wirklich. Seit Langem beobachte ich euch und meinen missratenen Sohn. Ich sehe, dass du ein gutes Herz hast und dringend meine Hilfe brauchst.«
»Ja, Mutter, ich bitte dich um deine Hilfe, wir brauchen das Gold, das du mir vermacht hast, ich muss Futter für Chie kaufen, sonst wird sie sterben.«
»Nun gut, ich werde dir helfen. Geh' und erinnere dich an deinen Traum, den ich dir letzte Nacht schickte, dann wirst du die Lösung finden.«
Verwirrt starrte Bai Hui auf das Bildnis der alten Frau.

In der gleichen Sekunde rann die Träne vollends über das Fell von Chie´s Gesicht und fiel auf den Boden. Die Begegnung war ebenso schnell beendet, wie sie begonnen hatte. Bai Hui benötigte einen Augenblick und konnte es nicht glauben. Dann klärte sich ihr Verstand, ihr wurde bewusst: Tatsächlich ist mir in dieser Träne meine Schwiegermutter erschienen und hat sogar mit ihr gesprochen.

Glücklich über diese Begegnung umarmte sie die Kuh und drückte sie ganz fest an sich. Am Boden neben Chie kauernd vergingen noch einige Minuten, bis sie wie von einem Geistesblitz getroffen erkannte, dass ihr in dem Traum die Lösung um das Versteck der Goldstücke gesagt worden war.

Die junge Frau sprang auf, küsste Chie und rannte los. Ihrem Mann wollte sie von der Begegnung mit der Mutter nichts erzählen. Rasch lief sie zum Haus, eilte durch den Eingang, nahm die kleine, schiefe Treppe mit wenigen Sprüngen, huschte um die Ecke in die Kammer, öffnete die knarrende Schranktür und griff nach dem alten Mantel. Sie drückte ihn ganz fest an sich, sog den Geruch tief ein und schlich auf den Dachboden.

Dort konnte sie ungestört weitersuchen. Als sie den Mantel vor sich liegen sah, hörte sie noch einmal die Worte ihrer Schwiegermutter. Es schien, als kämen sie aus dem alten Erbstück. »Er hat eine Kapuze, die schützt deine Ohren und deinen Kopf. Er hat lange und gefütterte Ärmel, er wird dich wärmen, er hat einen Gürtel, den du umschnallen kannst, sodass er selbst im größten Regen dicht ist, und sein Saum ist schwer, damit er im Sturm nicht davonfliegt. Pflege ihn, er ist ein altes Familienerbstück und bei Wind und Wetter Gold wert.«

Da war Bai Hui klar, wo das Gold versteckt war. Sie griff in die Tasche, nahm ein kleines Messer heraus und begann vorsichtig, den Saum des Mantels aufzutrennen, ohne viel zu beschädigen. Und tatsächlich, in kleinen Beuteln waren die Goldstücke, jedes einzeln, eingenäht und gleichmäßig verteilt. Darum war der Saum so schwer gewesen.

Überglücklich bedankte sich die junge Frau noch einmal bei ihrer Schwiegermutter und beschloss, dieses

Gold nur für die Kuh zu verwenden. Vier kleine Goldstücke entnahm sie, den Rest ließ sie im Saum. Ihrem Mann erzählte sie, sie habe das Gold unter den alten Schuhen im Keller gefunden.

Die vier Goldstücke gab sie dem jungen Woh und schickte ihn los in die Stadt Tanthyenn, bestes Futter zu kaufen.

»Vier Goldstücke, so wenig, das ist also das ganze Vermögen, das die Alte über all die Jahre gespart hat. Verdammt, nun kann ich mir doch keine neue Einrichtung kaufen.«

Mürrisch machte sich der Jungbauer auf den Weg, Futter für Chie zu besorgen. Als er die Hütte verließ, rief ihm seine Frau noch nach:

»Mann, denk' daran, nur das beste Gras und die besten Kräuter für unsere Kuh zu kaufen, und gib kein Geld für etwas anderes aus. Bleib' in der Unterstadt. Hast du verstanden?«

»Mach dir keine Sorgen, in einigen Tagen bin ich zurück.«

Die junge Frau nutzte die Abwesenheit ihres Mannes, um Chie´s Stall endlich zu reinigen und alles ordentlich herzurichten. Die Reserven an Heu und Futter gingen zur Neige. Mit den letzten Goldstücken, die sie aus dem Saum des Mantels geholt hatte, konnte sie den Viehdoktor und den herbeigerufenen Hufschmied bezahlen.

Das gesamte Gold war nun aufgebraucht, doch als Bai Hui ein Lächeln auf den feuchten Lippen von Chie sah, wusste sie, richtig gehandelt zu haben. Und schon bald würde ihr Mann mit gutem Futter aus der Stadt zurückkehren, und alles würde sein wie früher.

Fortan kümmerte sich die junge Frau liebevoll um die Kuh, bürstete sie und kraulte ihr den Nacken, denn das mochte Chie ganz besonders gern.

»Ich kann dir nicht so viel vom Heu geben, denn wir müssen sparen, bis Woh aus der Stadt zurückkommt.«

Chie schien dies zu verstehen und war mit den Mengen, die ihr vorgesetzt wurden, zufrieden.

Nach einer Woche endlich erblickte Bai Hui ihren Mann auf dem Weg, der zu ihrem Haus führte. Doch schon von Weitem erkannte sie entsetzt, dass er keine Ware bei sich hatte. Er kam mit leeren

Händen. Das Einzige, was er trug, war ein großer Rucksack.

Aufgeregt rief sie ihm zu:

»Wo hast du das Heu und die Kräuter? Wieso kommst du mit leeren Händen?«

Er winkte ab und gab ihr ein Zeichen, still zu sein und keine weiteren Fragen zu stellen. Als er bei ihr war, nahm er sie fest am Arm und zog sie hastig zur Eingangstür.

»Schnell rein, es darf uns niemand sehen.«

»Wieso denn, was ist denn los? Und wo ist das Futter?«

»Das will ich dir gern erklären, gehen wir ins Haus und setzen uns in die Küche. Was ich dir zu sagen habe, geht niemanden etwas an.«

Hastig kontrollierte er die Fenster und schloss die Eingangstür ab.

Er wartete, bis ihm seine Frau etwas zu trinken vorgesetzt hatte, und begann zu berichten.

»Es war so: Als ich in der Nähe der Unterstadt war, war meine Kehle vom langen, staubigen Fußweg trocken wie ein Stein, mein Magen leer wie ein gestülptes

Fass, und so entschied ich mich, in die Oberstadt zu gehen, um mich im Gasthaus zu stärken. Mit leerem Magen lässt es sich nicht gut verhandeln, wie du weißt.«

Die Frau zog die Augenbrauen hoch und ahnte Schlimmes, sagte aber nur:

»Weiter, was geschah dann?«

»Als ich gegessen hatte, betrat ein gut gekleideter Herr die Gaststube. Er trug eine mit Leder überzogene Kiste bei sich. Seine Kleider waren aus feinster Seide und seine Schuhe aus kostbarem Ziegenleder. Der Kiste, die er bei sich trug, schien nicht nur schwer, sondern auch von großer Bedeutung, denn sie war mit einer Kette und zwei großen Schlössern gesichert. Nachdem nur wenige Plätze im Gasthaus frei waren, bat er um den freien Stuhl an meinem Tisch, und wir kamen bei einem Glas Sake ins Gespräch. Wir redeten über dies und das, und nach einer Zeit erwähnte ich, dass man wohl sähe, wie vermögend er sei.«

Die Frau konnte ihr Entsetzen kaum verbergen.

»Erzähl' weiter.«

»Wir plauderten ein wenig, und der Fremde erzählte mir eher beiläufig, er sei früher auch Bauer gewesen so wie ich.

Vor einigen Jahren habe er durch seine guten Verbindungen über seinen Neffen eine Lizenz von der Regierung erhalten, mit der er so viel Geld verdienen könne, wie er nur wolle.

Meine Neugierde war geweckt, und nun wollte ich natürlich genau wissen, um was es sich handelte, dass man damit so viel Geld verdienen konnte. Er bemerkte natürlich nicht, dass ich ihn listig ausfragte. Meine klugen Fangfragen unterlegte ich immer wieder mit lustigen und unpassenden Bemerkungen.

Ich verwickelte ihn also in ein scheinbar belangloses Gespräch, und dann hatte ich ihn soweit. Er begann zu berichten, dass er von der Regierung die Luft über unserem Land gekauft und sogar die Erlaubnis habe, diese in den jeweiligen Provinzen stückweise weiterzuverkaufen. Die Vollmacht hierfür befände sich draußen in einer alten Vase in einer unscheinbaren Holzbank. Er sei als Händler getarnt, damit ihm seine kostbare Fracht nicht gestohlen werde. Und stell dir vor, es wird noch besser: Auf mein beharrliches Drängen nahm er mich hinaus vor die Gaststube. Vorsicht war geboten, und wir schlichen in eine Seitengasse, wo die Bank mit den

Vasen und dem darin verborgenen Schlüssel zu unersättlichem Reichtum stand. Wir schauten uns um, niemand schien uns zu beobachten. Vorsichtig öffnete er den alten, aber gut erhaltenen Holzdeckel, und da lagen sie vor mir, tatsächlich zwei Vasen, wie er berichtete aus der Ming-Dynastie.«Die Frau traute ihren Ohren nicht und konnte nur noch mit offenem Mund zuhören.

»Ich habe natürlich sofort erkannt«, fuhr der Bauer fort, »dass auch ich mit solch einer Lizenz in wenigen Monaten steinreich werden konnte.

»Du hast doch nicht etwa unser Gold ?«

Nun richtete sich der junge Bauer Woh Kann Doo zu seiner vollen Größe auf, schlug sich stolz an die Brust und blickte, Anerkennung fordernd, zu seiner fassungslosen Frau:

»Doch klar. Nach langen und harten Verhandlungen konnte ich für die vier Goldstücke, die du mir gegeben hast, die Lizenz für die Luft über unserem ganzen Dorf und sogar über den umliegenden Feldern kaufen. Anfangs wollte er fünf Goldstücke, aber ich blieb hart, wie ich

nunmal in Verhandlungen bin, und habe
ihn auf vier runtergehandelt.«
Er machte eine selbstzufriedene kleine
Pause und öffnete seinen großen Rucksack.
Dann nahm er ehrfurchtsvoll die Vasen
daraus hervor, klopfte das Heu ab, das sie
während des Transports geschützt hatte,
und stellte sie fein säuberlich neben-
einander auf den Küchentisch.

»Zum Schluss unserer Verhandlungen habe ich dem Mann sogar noch diese beiden wertvollen Originalgefäße abgeluchst, alles zu einem Preis.«

Mit stolzgeschwellter Brust griff der junge Woh in eine der Vasen und holte ein Stück altes, abgegriffenes und an den Rändern fransiges Pergament hervor und rollte es auf dem Küchentisch aus.

Seine Frau stand unter Schock. Kein Futter, keine Kräuter, keine Milch, kein Käse, keine Butter, das Gold ausgegeben. Und die Kuh muss nun verhungern und elend sterben, alles ist verloren, dachte Bai Hui.

»Hier ist der Kaufvertrag und die dazugehörige Urkunde, vom Minister persönlich unterschrieben. Und es kommt noch besser, Frau: Ich habe sogar die Erlaubnis, die Luft über unserem Dorf aufzuteilen, so kann ich jedem Bauer die Luft über seinem Hof einzeln verkaufen, was sagst du nun?«

Die Frau schüttelte nur noch gänzlich entmutigt den Kopf. Mit Tränen in den Augen holte sie tief Luft und wollte ihn fragen, ob er von allen guten Geistern verlassen sei.

Doch bevor sie etwas sagen konnte, sprach Woh Kann Doo voller Begeisterung weiter. »Schweig' Frau, warte. Bevor du etwas sagst, musst du auch wissen, dass ich mir auf dem Nachhauseweg etwas Schlaues überlegt habe. Ich werde unseren Nachbarn die Luft über ihren Höfen nur für ein Jahr verkaufen. So müssen sie im nächsten Jahr nochmals bei mir anfragen, ob ich ihnen die Luft für ein weiteres Jahr verkaufe.
Ich werde ein sehr, sehr reicher und mächtiger Mann. Wir können uns ein großes Haus auf einem schönen Grundstück im Oberen Tanthyenn bauen, mit einem schönen Garten für deine Blumen, und du kannst jeden Tag in die Geschäfte gehen und uns die beste Milch und den schmackigsten Käse kaufen, den wir je gegessen haben. Wir können den ganzen Tag in der Sonne sein und müssen nichts Anstrengendes mehr tun. Ich kaufe dir auch ein schönes Kleid!«

Bai Hui hob den Kopf, ihre Augen waren nun blitzend klar, und aus ihnen stachen große Wut und sogleich unendliche Traurigkeit. Dann rannen ihr Tränen über die rosigen Wangen.

Nach einer Weile der Besinnung sprach sie beherrscht:

»Mann, all das, was du mit deinem neuen Reichtum kaufen willst, hatten wir viele Jahre lang. Wir waren gesund und glücklich, und all unseren Reichtum kam von einer einzigen glücklichen und zufriedenen Kuh. Nun aber ist unsere Kuh sehr krank, sie ist traurig, und sie will nicht mehr leben. Sie liegt nur noch apathisch im Stall, will nicht mehr aufstehen, ihr Atem ist kurz und unruhig, und ich glaube, sie hat die Tränen des Abschiedes und des Todes in den Augen. Und du glaubst, ein gutes Geschäft gemacht zu haben.

Du hast nichts anderes als Geld, Geld, Geld im Sinn, und über dein schamloses und maßloses Verlangen nach Gold verlieren wir alles andere. Ich könnte schreien vor Wut...«

Noch immer verstand er die Enttäuschung seiner Frau nicht und sprach.

»Warum bist du so entsetzt, mit dieser Urkunde werden wir steinreich.«

»Steinreich, du Dummkopf, du bist noch dümmer als ein Stück ausgetrocknetes Holz. Nein, der Vergleich deiner

Intelligenz mit der des Holzes ist eine Beleidigung für das Holz, gleichgültig wie alt und verdorrt es sein möge.

Siehst du denn nicht? Luft kann man nicht verkaufen oder kaufen! Ebenso wenig wie Lebensglück! Mit deiner Dummheit hast du Chies Leben und meines, das gut war, kaputt gemacht! Du hast uns alle ins Unglück gestürzt. Arm wie die Straßenkinder werden wir schon bald sein. Das Haus und die Wiesen deiner Eltern werden wir verlieren, und du musst bei einem anderen Bauern von Sonnenaufgang bis Sonnenuntergang auf dem Feld schuften. Ich werde in Tanthyenn bei Leuten in der Oberstadt Schuhe putzen und um ein wenig Brot betteln, damit wir wenigstens etwas zu essen haben.

Gut, dass deine armen Eltern nicht mehr leben und das mit ansehen müssen. Dein Vater würde dich windelweich schlagen und dir deine Flausen austreiben, bis du zur Vernunft zurückfändest.

Es ist genug! Chie ist schon lange unglücklich, und ich kann so mit dir nicht eine Nacht länger unter diesem Dach leben! Wenn ich es mir so recht überlege, sollte ich den Stock vom Hacken nehmen und dich vom Hof prügeln.«

Entschlossen und voller Wut stand sie auf, griff den Stock vom Hacken und holte zu einem gewaltigen Schlag aus. Der Mann duckte sich, schrie entsetzt auf und verschränkte die Arme schützend über seinem Nacken. Ängstlich kroch er unter den Tisch und begann zu winseln.

»Mach dich da unten raus, du Taugenichts! Verschwinde und lass dich hier nicht mehr blicken, bevor du nicht zur Besinnung gekommen bist!«

In diesem Augenblick hörte man aus dem Stall ein leises, schwächlich klingendes Muhen. Frau Woh spitzte die Ohren, es war Chie, und sofort ließ sie den Stock fallen und begann jämmerlich zu weinen.

Mit offenem Mund und benommen kniete der Mann nun vor seiner Frau, und es dauert eine ganze Zeit, bis er begriff. Bis er erkannte, dass er durch seine Habgier und Raffsucht blind, leichtsinnig und bettelarm geworden war.

Mit einem Schlag wurde ihm klar, dass er in der Stadt auf einen üblen Schwindel hereingefallen war. Und langsam dämmerte ihm, dass er alles, wonach er sich sehnte, längst besaß.

Nach einer langen Weile sank er auf den Boden. Schamgefühl und Reue stachen ihm feuerrot ins Gesicht, und so bat er mit gesenktem Haupt um Verzeihung. Er erkannte all seine Verfehlungen und schüttelte den Kopf über seine unglaubliche Dummheit und Geldgier. Ihm wurde klar, dass er von Egoismus und Undankbarkeit hinters Licht der Wahrheit und der Zufriedenheit geführt worden war.

»Ich habe unser Glück, die Lebensarbeit meiner Eltern und meiner Vorfahren – unsere Vergangenheit, unsere Gegenwart und unsere Zukunft – von meinem Vater erhalten, sollte sie bewahren und unserem Sohn einmal überreichen. Nun aber habe ich alles verloren, ich kann nur hoffen, dass wir Chie noch retten können. Verzeih mir!«
Er begann bitterlich zu weinen.

»Bei mir musst du dich nicht entschuldigen, du schrecklicher Mensch, denke lieber an die arme Chie!«
»Ich kann kaum glauben, so dumm gewesen zu sein, und all das in die Waagschale geworfen zu haben. Du hast

Recht, alles wonach ich mich sehnte, besaß ich schon längst.«

Nach einer kleinen Pause sprach er betrübt weiter.

»Aber du musst wissen, ich war immer eifersüchtig auf Chie, denn sie stand so sehr im Mittelpunkt. Jetzt wollte ich es ihr heimzahlen und zeigen, dass ich es auch ohne sie zu etwas bringe.«

Da nahm die Frau ihren Mann in den Arm und drückte ihn fest an sich.

»Ich bin froh, dass du zu Sinnen gekommen bist in deinem Leben. Dass du zu erkennen beginnst. Denn es gibt keinen Grund zur Eifersucht auf der Welt, wir dienen, und uns wird gedient, das ist eines der großen Gesetze. Es soll und darf keine Eifersucht, keinen Neid und keine Missgunst geben. Jeder lebt das Leben, das ihm von unserem Schöpfer gegeben ist, und niemand kann sich dagegen verwehren.«

»Du hast Recht, hier ist der Schlüssel zum Stall, ich bin wahrscheinlich das größte Rindvieh, das je auf dieser Erde gelebt hat.«

»Ich kann dir nicht widersprechen, aber ich glaube, kein Rindvieh ist auch nur annähernd so dämlich wie du.«

Bai Hui eilte zu Chie und begann, sie unter Tränen der Erleichterung zu streicheln.

Ihr Mann lief indes zu seiner Werkstatt, warf Tisch, Stuhl und alle Sachen aus dem Fenster und fegte den Raum gründlich aus.

Dann ging zu seinem Nachbarn und klopfte an dessen Tür. Als dieser öffnete, verbeugte sich Woh tief, ließ sich auf die Knie fallen und entschuldigte sich für seine unendliche Dummheit.

Der Nachbar sah, dass der junge Woh seine Fehler erkannt hatte, und dass er von der Gier nach Reichtum geblendet worden war. Er bat ihn aufzustehen und zu sich in die Stube, bot ihm eine Tasse Tee an und erklärte sich bereit, ihm, seiner Frau, aber vor allem ihrer Kuh Chie zu helfen. Hastig schlürfte der junge Woh den Tee, der ihm tausendmal besser schmeckte als all die feinen Getränke, die man ihm im Gasthof vorgesetzt hatte, denn dieser Tee war mit Freundlichkeit und offenem Herzen gegeben.

Der Nachbar holte ohne zu zögern von seinem Heu, so viel er entbehren konnte.

»Hab' Dank, vielen Dank, wenn ich im Sommer Heu mache«, rief Woh beim Verlassen des Hofes, »werde ich dir alles doppelt zurückgeben, ich verspreche es.«

Er eilte mit dem frischen, wohl duftenden Heu zurück zu seinem Haus und führte die Kuh Chie in ihren alten, neuen Stall zurück. Mit einem Messer hatte er seine Jacke klein geschnitten und mit den Fetzen und Fransen den Boden ausgelegt, um ihr ein Lager zu bereiten. Von hier konnte sie nun wieder so wie früher im Sommer auf die Weide und nun auch durch ein neues Fenster in die Hütte schauen.

Sogleich begann Woh, die magere Kuh zu bürsten und zu streicheln. Die ganze Nacht saß er bei Chie und erzählte ihr unter bitteren Tränen von seiner Dummheit.

Als es dämmerte, verneigte sich der junge Woh und bat die Kuh um Verzeihung und versprach, zukünftig immer nur das Beste für sie zu unternehmen.

»Schon morgen werde ich die Urkunde des Ministers verbrennen. Ich werde in der Stadt Schuhe putzen und beim Nachbarn die Ziegen melken. Mit dem, was wir dafür erhalten, kaufe ich dein Futter, bis du wieder auf die Wiese kannst. Ich werde nur noch alle drei Tage essen bis an dem Tag, an dem es dir besser geht. Dies verspreche ich beim Tode meiner Eltern, bei denen ich mich auch entschuldige für meine Gier, meine Dummheit und meine Schandtaten.«

Er kniete nieder und gab sein Ehrenwort. Und als ob Chie ihn verstünde, drehte sie sich um und lies dem jungen Woh einen großen duftenden, lauwarmen Kuhfladen genau vor die Füße fallen.

»Ja«, sagte Woh mit leiser unterdrückter Stimme, »ich habe verstanden. Und ich sehe, dass dein Herz größer ist als meines.«

Und die Moral von der Geschicht …
Wenn man weiß, dass man nur eine Kuh hat, und man weiß, dass es auch keine Ersatzkuh gibt und für kein Gold und Geld dieser Welt der Verlust dieser einzigen nährenden Kuh zu ersetzen ist, wenn man weiß, dass man alles daran setzen muss, damit es dieser einen Kuh stets gut geht, wird man wohl kaum so dumm sein wie Herr Woh Kann Doo.

Der hatte nicht begriffen, dass er dafür Sorge zu tragen hat, dass es dieser Kuh auch morgen und übermorgen noch genauso gut geht wie an dem Tag, als er sie von seiner weisen Mutter und seinem Vater übernommen hatte. Genau das gleiche betrifft auch unsere eine Kuh, die uns nährt und dafür sorgt, dass es uns gut geht, gemeint ist die Erde. Auch wir müssen so mit der Erde umgehen, damit wir sie voller Dankbarkeit wohlbehalten an unsere Kinder weitergeben können.

Zu erkennen, dass alles, wonach wir uns sehnen und was wir zum Leben brauchen, bereits längst im Überfluss vorhanden ist, dies zu erkennen ist es, was uns die Geschichte lehren will. Die beiden Ming-Vasen waren eine Fälschung und taugten nicht einmal, Wasser darin aufzubewahren, denn sie leckten.

Letzter Aufruf Afrika

Das große Geheimnis

»Ja, mein Kind, das ist eines der großen Geheimnisse dieser Welt. Wenn wir uns das einmal genauer überlegen, werden wir feststellen, dass diese kleinen Wesen weit überlegen. da könnten wir etwas lernen.
Trotz all der Technik und der modernen Hilfsmittel oder gerade wegen diesen, sind wir nicht zu den Leistungen im Stande, die jedes dieser kleinen erbringt

Bleibt nur zu hoffen, dass wir ihnen auch nächstes Jahr unsere Gastfreundschaft anbieten dürfen, ist es doch eine große Ehre und Freude, sie bei uns zu haben.«

Unser Heim

Mein Name ist Joy.

Ich war im Gegensatz zu meinem Bruder Sam und meiner Schwester Twidy erst seit einigen Tagen in der Lage, mich bei der Futtervergabe weit nach vorne in die erste Reihe zu drängen. So erhielt ich die von Vater und Mutter mitgebrachten Speisen erst jetzt in den Mengen, die meine Geschwister schon seit geraumer Zeit für sich beanspruchten. Sie handelten stets nach der Devise:

»Wer am lautesten schreit, kriegt das meiste ab!«

Und so war es auch bei uns.

Mein Vater Thoron und meine Mutter Karuk begaben sich mehrmals täglich auf die Suche nach Essbarem für uns, ihren Nachwuchs. Genau genommen waren sie den ganzen Tag mit nichts anderem beschäftigt. Wir mussten zurückbleiben und durften unser sicheres Versteck noch nicht verlassen. Höchste Vorsicht sei geboten, sagten sie immer.

Draußen sei es gefährlich, wir zu klein, schutzlos und unerfahren, und es lauerten überall große Gefahren. So blieben wir brav in unserem Nest und vertrieben uns die Zeit mit Spielen und Schlafen. Schlafen war für uns und unsere Entwicklung äußerst wichtig.

Bei der Rückkehr von ihren Streifzügen näherten sich meine Eltern mit ihrer Beute vorsichtig dem Versteck. Dann kam es regelmäßig zu tumultartigen Szenen.
Jeder von uns versuchte, die größten und besten Stücke des Mitgebrachten zu erwischen. Mein Bruder, ohnehin der Dickste und Stärkste unter uns, schubste meine Schwester und mich nach hinten, sodass er wieder einmal das meiste abbekam.
Mutter versuchte dennoch die Rationen gleichmäßig zu verteilen, was ihr aber nicht immer gelang.

Lange vor mir war es Sam und wenig später auch meiner Schwestern Twidy erlaubt, draußen vor unserem Nest das Umfeld zu erkunden. Wohlgemerkt nur unser direktes Umfeld. Stets in der Nähe unserer Behausung sollten sie sich aufhalten.
Natürlich hielt sich mein Bruder nicht immer an die mahnenden Worte, entfernte

sich in unbeobachteten Augenblicken auch weiter und kundschaftete bei seinen Streifzügen alles noch so Unbedeutende aus. Ich selbst hätte mich das nie getraut, war ich doch schüchtern und vorsichtig. Auch meine Schwester Twidy durfte mittlerweile an den Entdeckungsreisen teilnehmen. Sie waren beide deutlich größer und stärker als ich kleiner Wurm.

Und doch beneidete ich sie, wenn sie sich auf den Weg zu neuen Abenteuern aufmachten.

Ihre Ausflüge dauerten indes nie sehr lange, weil Vater und Mutter stets in der Nähe blieben und sie hüteten wie ihren Augapfel. Kaum ins sichere Nest zurückgekehrt, drängten Sam und Twidy sich dann nach vorne, um bei der nächsten Futtervergabe erneut das meiste abzubekommen.

Der Sturz

Es war Anfang Juli, ein sehr heißer Tag. Als Mutter nach Hause kam, schubste mich sich der Dicke, wie wir unseren Bruder mittlerweile nannten, so heftig zur Seite, dass ich strauchelte und das Gleichgewicht verlor. Nun muss man sagen, dass unsere Kinderstube zum Schutz vor Feinden ganz oben im Gebälk lag. Ich fiel hinten über, stürzte hinab und landete auf dem harten Steinboden. Die Wucht des Aufpralls konnte ich jedoch durch eine instinktive Drehung einigermaßen abfangen, so schlug ich wenigstens nicht mit voller Wucht auf.

Es dauerte einige Augenblicke, bis mir klar wurde, dass ich abgestürzt war.
Erschrocken lag ich nun da unten und begann auch gleich jämmerlich um Hilfe zu schreien. Jetzt rächte es sich, dass ich mich bis zu diesem Tag noch nie aus dem sicheren Heim getraut hatte. Zum ersten Mal in meinem Leben fühlte ich mich allein.
Vater und Mutter hatten meinen Absturz nicht verhindern können, es war alles viel zu schnell gegangen. Jetzt eilten sie zu mir und ermahnten mich zu schweigen.

»Pst … leise, sei leise, kein Mucks, wir helfen dir«, flüsterten sie immer wieder.

Nachdem sie sich vergewissert hatten, dass ich unverletzt war, versuchten sie mich durch behutsames Schubsen und gutes Zureden zum Aufstehen zu bewegen. Aber ich war vor Angst wie gelähmt, und ohne meine Mithilfe schien es aussichtslos, dass ich wieder auf die Beine kam.

Meinen Eltern war klar, sobald ich dort unten von unseren Feinden entdeckt würde, stand es schlecht um mich. Einmal von ihnen entdeckt, wäre dies mein sicherer Tod.

Wie ein Blitz schossen mir die Schilderungen meines Vaters von solchen Begegnungen durch den Kopf. Immer wieder war es zu Kämpfen und Auseinandersetzungen gekommen, die fast immer blutig endeten, meist sogar tödlich. Kräftemäßig waren wir diesen Bestien weit unterlegen. Sie hatten scharfe Zähne, mit denen sie ihre Gegner zerfleischten und in Stücke reißen konnten.

Vater und Mutter hatten uns bereits des Öfteren geschildert, wie man sich durch Schnelligkeit und Geschick aus einer Gefahrenzone entfernen konnte. Wenn

Vater von solchen Gruselgeschichten erzählte, sagte meine Mutter immer:
»Mach' den Kindern keine Angst, sie passen schon auf. Auch wenn wir völlig unbewaffnet sind, haben wir unsere Stärken. Wir sind schlau, haben gute Augen, sind geschickt, unsere Schnelligkeit und unser Zusammenhalt in der Gruppe sind unsere größte Stärke.«

Ein Funken Hoffnung keimte auf.
Als ich mich jedoch in meiner hilflosen Lage umschaute, musste ich an eine von Vaters Warnungen denken.
»Sie machen niemals Gefangene!«
Meine Angst stieg nun ins Unermessliche.
»Was ist, wenn sie mich erwischen …«
»Nur durch unser Geschick und unsere Schnelligkeit können wir ihnen entkommen«, schoss es mir durch den Kopf, doch hier unten am Boden gab es keine Hoffnung.
Selbst der so rücksichtslose Sam bot seine Hilfe an und rief mir zu, aufzustehen. Ich aber konnte mich noch immer nicht rühren.

Durch das Rufen und die Versuche meines Bruders und meiner Eltern wurden unsere Feinde aufmerksam. Sie ahnten, dass es eine leichte Beute zu erlegen gab. Für solche Situationen hatten sie einen siebten Sinn, und schon war ihr Jagdtrieb geweckt. Zunächst einer, dann zu dritt kamen sie wie auf Samtpfoten näher, schlichen lautlos heran.

Auch Vater besaß einen siebten Sinn und hatte die Heranschleichenden bemerkt. Er gab uns zu verstehen, dass wir keinen Laut mehr von uns geben dürften. »Vielleicht haben sie dich noch nicht entdeckt …«

Leise und von unseren Gegnern unbemerkt entfernte er sich von uns. Als er weiter weg war, begann er jämmerlich zu schreien und zu rufen. Durch sein Geschrei glaubten die Angreifer, leichte Beute zu haben, und wandten sich von uns ab.

Mir schlug das Herz bis in den Hals. Mutter saß an meiner Seite.

»Psst, kein Mucks, sonst sind wir alle verloren.« Mit Entsetzen sahen wir, wie sich unser Vater opfern wollte, um von uns abzulenken. Er riskierte sein Leben, dabei war nicht einmal klar, ob ich es schaffen würde, mich in Sicherheit zu bringen. Nach oben in unser sicheres Nest galt es zu gelangen.

Aus der Ferne behielt uns Vater im Auge und erkannte, dass ich noch am Boden lag. Schnell hatten sich die Angreifer genähert und den Hilflosen bereits eingekreist. Sie freuten sich auf frisches Fleisch und den Gaumenschmaus. Es lag in ihrer Natur, uns zu jagen. Genau wie auch wir stets auf der Jagd waren, um zu überleben. Nur darum ging es, leben und überleben, fressen oder gefressen werden, und stets genügend Futter für sich und die Kinder heranzuschleppen.

Auch Bauer Jakob, an dessen Hof wir seit Jahren nach der großen Schneeschmelze Unterschlupf fanden, wurde durch das laute Geschrei aufmerksam. Er hatte meinen Sturz beobachtet und unsere Lage richtig eingeschätzt. Er war zwar immer in unserer Nähe, mischte sich aber in der Regel selten ein. Nur wenn wir oder andere Mitbewohner in Schwierigkeiten steckten, versuchte er zu helfen. Manches ließ er auch schweren Herzens geschehen: »Es ist der Lauf der Dinge, das Karma, ich darf mich nicht überall einmischen.« Doch hier ging es um Leben und Tod.

Bauer Jakob stapfte also er mit seinen großen Gummistiefeln heran. Mutter wich etwas zur Seite. Ich erstarrte.

Mit einem schnellen und sichern Griff hatte er mich gepackt. Zwei, drei vorsichtige Schritte und einige Handgriffe – und bevor ich mich versah, hatte er mich nach ganz oben in das Versteck gehievt. Dann trat er zur Seite, damit auch Mutter mir folgen konnte. Nun galt ihre Sorge Vater. Die Feinde hatten ihn in die Enge getrieben, von meiner überraschenden Rettung bemerkten sie nichts. Mutter formte ihren Mund, und ein geheimer Rufton zerschnitt die Stille. Vater hob fragend den Kopf und starrte in Richtung Haus, ein weiterer Ruf, und er war von meiner Rettung unterrichtet. Nur noch eine Tatzenlänge waren die Angreifer von ihrem Opfer entfernt. Wie auf ein Kommando duckten sie sich und wollten gerade zum entscheidenden tödlichen Sprung ansetzen. In letzter, aber wirklich in allerletzter Sekunde rappelte sich mein Vater auf und setzte sich seinerseits mit einem kräftigen Schwung über seine Feinde hinweg.

Durch die plötzliche Stärke und die kraftvolle Flucht waren diese derart verblüfft, dass es ihnen nicht gelang, Vater zurückzuhalten. Jakob hatte die Ereignisse beobachtet und war genau im richtigen Moment herbeigeeilt. Nun vertrieb er die Angreifer mit lautem Geschrei.

Das ist nun schon einige Wochen her, und seit jenem Tag habe ich angefangen, unser Umland zu erkunden und selbst nach Essen zu suchen. Nach meinem Absturz mussten wir nicht mehr überzeugt werden, dass nur der Starke, Schnelle und insbesondere der Kluge und Trickreiche eine Überlebenschance hat. Wir spielten und tobten.

Zum Winterquartier

Anfang September war es soweit: Unserer Sippe bereitete sich auf den großen Aufbruch ins Winterquartier vor. Das haben vor ihren Eltern auch schon deren Eltern gemacht, soweit die Geschichten zurückreichen. Den Winter über hierzubleiben sei zu gefährlich, sagten meine Eltern, durch die große Kälte und den starken Schneefall fänden wir nicht genügend Nahrung und müssten erfrieren und verhungern.

Aus diesem Grund war es wichtig, ausgeruht die lange und beschwerliche Reise anzutreten. Und heute sollte es soweit sein. Bereits vor einigen Tagen war die erste Gruppe vorbeigekommen, denen hatten wir uns aber noch nicht anschließen wollen.
Ein bisschen traurig waren wir schon, aber Mutter tröstete uns.
»Wenn wir zurückkommen, werden Freunde und Verwandten hier sein, alle, wir feiern dann ein großes Fest.«

Ihre Stimme klang jedoch ein bisschen traurig. Wir Kinder wussten nicht, dass es von unserer Sippe, die im Laufe des Sommers auf 80 Gefährten angewachsen war, nur ein kleiner Teil zurück schaffen würde.
Viele von uns überlebten die beschwerliche Reise nicht, die Schwachen und Alten würden die ersten Opfer sein.
Die Sippen fanden in diesem Land immer schlechtere Lebensbedingungen und blieben klein und schwächlich. Doch je die

Sippe, desto höher waren die Überlebenschancen jedes Einzelnen.

Einst war genug Nahrung für alle da. Nun fielen die Erträge immer geringer aus, erzählten die Alten. Manche Ernten seien verdorben, hin und wieder sogar vergiftet. Überall in unseren Gebieten ließen sich andere Lebewesen nieder, bauten Häuser und Straßen, auch Städte mit Tausenden von Häusern. Wiesen wurden abgemäht, gedüngt und mit Giften bespritzt, Flüsse begradigt, Teiche und Moore trockengelegt. Ohne es zu wissen, zerstörten sie unsere Lebenswelt.

So kam es auch, dass die Zahl der Sippen von Jahr zu Jahr geringer wurde. Mutter erzählte, dass sie früher mit über hundert Sippen und Tausenden Gefährten aus dem ganzen Land zusammentrafen, um von hier aus aufzubrechen. Es sei ein gewaltiges Schauspiel gewesen. Auch heute trafen aus dem Norden noch Freunde und Verwandte ein, die bei uns Zwischenstation machten. Hier konnten sie sich noch einmal so richtig satt essen und sich ausruhen für den langen beschwerlichen Weg.

An Jakobs Hof war die letzte Raststation vor den schon bald schneebedeckten Bergen. Mittlerweile waren schätzungsweise 180 bis 190 unserer Artgenossen angekommen, eine eher kleine Zahl, wie wir dem aufgeregten Geplauder der Älteren entnehmen konnten. Seit unzähligen Generationen brachen wir Herbst für Herbst auf und versuchten, das warme Land jenseits der Berge,
jenseits des großen Wassers zu erreichen.

»Nun«, fragte Vater mit einem zweifelnden Unterton in der Stimme,
»ist auch unser Kleinster so weit und stark genug für die Reise?«
»Ja, Joy ist stark genug«, erwiderte Mutter Karuk.
»Wir können uns mit den anderen auf den Weg machen, und wir werden es schaffen.«
»Ruht euch noch aus. Morgen bei Sonnenaufgang treffen wir uns mit all den anderen und machen uns auf den Weg Richtung Süden«, ordnete Vater an.

Eine letzte Nacht, und dann sollte es also soweit sein. Wir Kinder waren schon sehr neugierig, was uns auf der Reise alles begegnen würde. Mutter erklärt uns, dass diese Reise sehr anstrengend und auch sehr gefährlich sei.

»Nicht alle werden diese Anstrengung schaffen.«

Der Unfall

Wir Kinder verstanden das damals noch nicht und vertrieben uns die Zeit mit Toben und Spielen. Als die Sonne langsam unterging, kamen wir ein letztes Mal in unserem Nest zusammen.

»Ich sause noch schnell einmal und begrüße die Nordlinge!«, rief Sam und war, bevor Mutter ihn aufhalten konnte, auch schon weg. Er war ein rechter Draufgänger. Allerlei Blödsinn dachte er sich aus, und nicht selten musste Vater ihm aus der Patsche helfen. Vorsicht war nicht seine Stärke.

Genau bei seiner Heimkehr geschah es. Sam war mal wieder viel zu lange weg gewesen, und jetzt, da Vater ihn rief, wusste er, dass er umgehend nach Hause kommen musste. Die Umrisse unserer Behausung waren wegen der Dämmerung nicht genau zu erkennen. Sam zischte ums Eck, verschätze sich und prallte mit voller Wucht gegen den Eingangspfosten. Dabei stürzte er zu Boden und verletzte sich an seinem Flügel. Vater war wütend. Mutter entsetzt. Nach einer ersten Begutachtung der Verletzungen war sofort klar, an die Abreise am nächsten Morgen war nicht zu denken.

Was diese Verzögerung bedeutete, wurde uns Kindern wenig später klar. Mit einem Verletzten konnten wir auf keinen Fall mit der ganzen Sippe mithalten, wir wären eine Belastung und auch eine große Gefahr für sie.

»So können wir ihn nicht mitnehmen. Wir müssen uns überlegen, ob wir ihn zurücklassen«, sagte Vater.
»Das können wir nicht machen«, entgegnete Karuk, »Thoron, ich bitte dich, du musst mit dem Ältesten reden! Frag', ob

sie noch einige Tage warten, bis unser Sohn wieder genesen ist!«

»Ich werde mit ihm reden, habe aber wenig Hoffnung. Mit ein paar Tagen wird es nicht getan sein, ich fürchte, er braucht zwei bis drei Wochen, bis er wieder völlig gesund ist.«

Wie versprochen sprach Vater mit dem Anführer, dem Ältesten der Nordgruppe, und versucht die Abreise um einige Tage zu verschieben.

»Du weißt es, und ich müsste es dir eigentlich nicht erklären, wenn wir es nicht bald schaffen, kann der Weg über die Berge so schwer und gefährlich werden, dass wir das Leben der ganzen Gruppe gefährden. Ihr müsst ihn zurücklassen und mitkommen. Wir sind wahrscheinlich die Letzten, denen ihr euch anschließen könnt. Warum seid ihr nicht schon mit einer früheren Gruppe mitgezogen?«, war seine Antwort. Vater wollte von mir erzählen, er wollte erklären, dass ich noch zu schwach für die lange Reise gewesen war und wir aus Rücksicht auf mich noch immer hier waren. Der Alte ließ ihn aber nicht zu Wort kommen.

»Du weißt es«, sagte er mit schwerer Stimme, »wenn du hier bleibst, werdet ihr sterben, und allein ohne den Schutz der größeren Gruppe könnt ihr es nicht über die Berge schaffen.«

Vater war zutiefst betrübt, und mit traurigem Blick drehte sich Mutter, die genau wie wir das Gespräch mit angehört hatte, zu uns um. Vater und Mutter wussten, der Alte hatte Recht. Wir würden in der Kälte nicht überleben, wir würden erfrieren und verhungern. Mutter holte tief Luft, rutschte ganz nah zu uns Kindern, nahm den Dicken zu sich und flüsterte:

»Ja, mag sein, dass es unser Ende ist, ich aber werde bei meinem Kind bleiben, so oder so. Ich werde ihn nicht zurücklassen.« Wir weinten.
Vater, der noch vor wenigen Augenblicken verunsichert wirkte, schaute uns tief in unsere rot geränderten Augen und sagte:
»Ja, du hast Recht, wir können ihn nicht allein lassen.«

So saßen wir den ganzen Abend traurig zusammen, und doch hatten wir das sichere Gefühl, eine Familie zu sein. Vater teilte dem Alten unseren Entschluss mit. Am nächsten Morgen war es soweit: Mit lautem Geschrei machte sich die Gruppe bereit. Es war ein einmaliges Schauspiel, unzählige Freunde und Verwandte waren versammelt, sich auf den langen, beschwerlichen Weg zu machen.

»Wollt ihr wirklich bleiben? Überlegt es euch noch einmal!«, schallte es zu uns hinunter.

Aber die Entscheidung stand fest.

»Nein, wir müssen warten, bis er sich erholt hat, und vielleicht haben wir Glück und finden doch noch eine andere Sippe, der wir uns anschließen können.«

»Viel Glück«, riefen uns einige von oben zu, »und hoffentlich sehen wir uns im Winterquartier bald wieder!«

Schnell entfernte sich die Gruppe, es wurde rasch leise um uns herum. Nun waren wir also allein. Auch die anderen vier Familien, die mit uns an diesem Ort ihre Kinder, unsere Spielgefährten, aufzogen hatten, waren weg. Still und einsam war es plötzlich geworden. Auch Bauer Jakob bemerkte bald, dass wir zurückgeblieben waren. Stumm und traurig verrichtete er seine Arbeit. Wusste er, dass er sich nicht einmischen durfte und konnte, ahnte er, was geschehen war?

An den darauffolgenden Tagen waren Vater und Mutter damit beschäftigt, Nahrung für unseren Dicken herbeizuschaffen, der sich langsam erholte. Vater legte große Entfernungen zurück stets auf der Suche nach einer anderen Gruppe. Inzwischen waren wir Kinder so groß, so schnell und flink, dass wir keine Angst mehr vor unseren Feinden haben mussten.

Nach zwei Wochen konnte der Dicke wieder die ersten kleinen Ausflüge unternehmen.
»Es wird aber noch ein, zwei Wochen dauern, bis er die Reise schaffen kann. Wir müssen uns bald aufmachen, die Nächte werden kälter, und bald kommt der eisige Regen mit seiner feuchten Kälte, die uns lähmen wird. Hoffen wir auf ein kleines Wunder«, seufzte Mutter.

Je gesünder mein Bruder wurde, desto unruhiger wurden Vater und Mutter. Ihre Angst war zu spüren.
Sie warteten täglich auf das erhoffte Wunder. Auch wir wussten um die drohende Gefahr, die unaufhaltsam näher rückte. Sollten wir eine letzte Chance

erhalten und eine vorbeiziehende Gruppe finden, der wir uns anschließen konnten?

Mit Sonnenschein, strahlend blauem Himmel und angenehmen Temperaturen zeigte sich der Spätsommer noch einmal von seiner schönsten Seite. Dennoch, die Tage wurden kürzer, die Nächte kühl. Bald lag der erste Frost auf den Wiesen, und über dem abgemähten Kornfeld bildeten sich abends kühle Nebelschwaden.

An dem Hof, an dem wir Unterschlupf gefunden hatten, ging derweil alles seiner Dinge. Hier waren viele Arten von Lebewesen beheimatet. Sie hatten sich im Laufe der Zeit umgestellt und blieben auch im Winter hier, sie hatten Möglichkeiten gefunden, der Kälte und dem Schnee zu trotzen.

Jakob hatte kleine geschützte Futterplätze eingerichtet und half ihnen so durch den Winter.

Wir aber folgten unserer Bestimmung und werden uns auch in den nächsten Generationen im Herbst auf den Weg machen. Waren wir doch schon immer Nomaden der Lüfte. Reisende.

Sam war wieder gesund und fühlte sich stark genug. Für uns alle wurde es in den verstreichenden Tagen immer schwieriger, Nahrung zu finden, und auch die Kälte machte uns zu schaffen. Am wohlsten fühlen wir uns in der Wärme, dann werden unsere Glieder geschmeidig – wir sind schnelle und erfolgreiche Jäger.

Die Blätter begannen sich zu verfärben, und der Herbst malte ein farbenreiches Bild in die Bäume und Sträucher.

Unser Warten wurde zum Wettlauf mit der Zeit. Jeder Tag, der verstrich, brachte uns näher an den Abgrund.

Da passierte es.

An einem nassen Morgen spielten wir wie so oft in der Nähe des Hofes, als Vater von einem seiner frühen Streifzüge zurückkam und aufgeregt zu berichten begann. Er hatte in einiger Entfernung unten am Fluss Isarta eine Gruppe Reisender ausgemacht.

»Sie wurde durch einen lang anhaltenden Sturm aufgehalten und danach gezwungen, einen großen Umweg in Kauf zu nehmen. Der hat sie in unsere Nähe geführt. Ich habe bereits mit ihrem Anführer gesprochen. Er hörte mir zu und hat sich bereit erklärt, uns mitzunehmen.«

Dies war es also, das Wunder, auf das wir so sehr gehofft hatten!

Der letzte Aufruf Afrika

»Denen müssen wir uns anschließen. Es wird keine weitere Möglichkeit geben«, sagte Vater, und meine Mutter nickte.

Hastig klaubten wir alle Dinge zusammen, die wir brauchten, und in kürzester Zeit waren wir auch schon auf dem Weg.

Als wir uns schon ein Stück von dem Hof entfernt hatten, drehte ich mich noch einmal um. Ich sah die Häuser, die Wiesen und den nahen Waldrand.

Diese Umgebung wollte ich mir genau einprägen, damit ich nach der Schneeschmelze wieder zurück zu den Tieren und Bauer Jakob finden würde.

Genau da wollte ich wieder hin, genau da, wo ich doch schon alles kannte. Ich kannte die besten Jagdplätze, die Wasserstellen, die besten Fluchtwege und auch alle Tiere und Lebewesen, die sich dieses Stückchen Erde teilten. Ja, genau da wollte ich wieder hin!

Im Hof stand Bauer Jakob mit seiner Tochter. Deutlich spürte ich seine Trauer, die Trauer des Abschieds.

Mit einer kleinen Wendung drehte ich mich einige Male in Windeseile und verabschiedete mich auf meine Weise von ihm. Auch Sam, Thoron, Karuk und meine Schwester machten einen Schlenker und bedankten sich damit bei Jakob für die Unterkunft, seine Hilfe und die Zeit, die wir bei ihm verbringen durften. Er hatte durch seine umsichtige Art oft dafür gesorgt, dass unsere Feinde fern blieben und unter unserem Nest kleine Befestigungen angebracht.

Als Jakob sah, dass wir uns noch einmal wie zum letzten Gruß zu ihm umdrehten, nahm er seine Mütze ab, schwenkte sie hastig in großem Bogen und rief uns hinterher:

»Gute Reise, kommt bald wieder! Wir freuen uns schon auf euren nächsten Besuch, ihr seid jederzeit willkommen an unserm Hof! Wir sind sehr stolz darauf, dass ihr bei uns wart und wir euch ein Stück auf eurem Weg begleiten durften. Bis nächstes Jahr, bis bald!«

Ein letztes Mal blickte ich über die Schulter zurück, da stand er und schwenkte noch immer seine Mütze.

Sein fröhliches Summen und Pfeifen und seine Selbstgespräche, die er zu führen pflegte, all das, was uns täglich begleitet hatte, war an diesem Tag nicht zu hören, und es wird uns für lange Zeit fehlen.

»Du Papa«, sagte das kleine Mädchen an der Hand von Bauer Jakob, »werden sie wiederkommen?«

»Ja, natürlich, einige von ihnen auf jeden Fall!«

»Und die anderen?«

»Nicht alle sind stark genug, um diese lange, beschwerliche und gefährliche Reise in das Winterquartier zu überstehen.«

»Und wo liegt das Winterquartier?«

»Weit im Süden.«

»Sehr weit?«

»Ja, sie müssen über die Berge und das Meer und noch viel weiter. Umso erstaunlicher ist es, dass die kleinen Kerle es immer wieder schaffen, genau an den Platz zurückzufinden, an dem sie geboren wurden.«

»Aber Papa, du hast selbst gesagt, sie haben keinen Kompass und keine

Landkarte, sie können nicht einmal lesen und schreiben, wieso finden sie dann genau wieder zu unserem Hof zurück?«

»Ja, mein Kind, das ist eines der großen Geheimnisse dieser Welt. Wenn wir uns das einmal genauer überlegen, werden wir feststellen, sie sind uns weit überlegen. Da könnten wir etwas lernen. Bleibt nur zu hoffen, das wir ihnen auch nächstes Jahr unsere Gastfreundschaft anbieten dürfen, ist es doch eine große Ehre und Freude, sie bei uns zu haben.«

Ende Oktober machen sich die Letzten auf ihren langen Weg nach Afrika.

Bislang veröffentlicht:
RAUMSCHIFF Teslar- SX 23 antwortet nicht
Sputnik 13. Verschollen im Weltall.

Der Kindheitstraum eines kleinen Jungen, als Astronaut fremde Planeten zu erkunden, geht in Erfüllung. Bei seiner Reise durch das All soll der mittlerweile ausgebildete Astronaut mit seinem hypermodernen Raumgleiter im Orbit einige Reparaturen an der Raumstation durchführen, an einem Satelliten ein neuartiges Empfangssystem installieren und einige neuartigen Techniken testen.

Als der Rückflug zur Erde eingeleitet wird, schaltet sich auf Grund mehrere Fehlfunktionen der zu Testzwecken an Bord befindliche Teslaantrieb zu dem normalen Antriebsystem hinzu. Die Möglichkeiten, den Raumgleiter zu manövrieren, erweisen sich als sehr gering. Das Überleben im Al ist Dank der modernen Technik an Bord möglich.

Das viel größere Problem ist, dass das Raumschiff nicht mehr zu steuern ist und sich immer weiter von der Erde entfernt. Über viele Jahre hinweg geht der Kosmonaut in Zeit und Raum verloren. Ohne Hoffnung, seine Familie und die Erde je wieder zu sehen, beschließt er, seinem aussichtslosen Dasein ein Ende zu bereiten.

Alle lebenserhaltenden Aggregate werden abgestellt. Dem Tode nah macht er eine sensationelle Entdeckung. Sein Shuttle wird von einem Lichtstrahl erfasst und geführt. Spannend wird die Geschichte des kleinen Jungen bis hin zu diesem Schicksalhaften Weltraumflug erzählt. Ob er je wieder zur Erde zurückkann und was ihn dort erwartet ist fraglich.

Der letzte Atemzug,

Im Kampf um Liebe und Licht, um die Herrschaft über die Erde, stehen sich die Dämonen, die Verbündeten der Finsternis und des Verderbens den Lichtkriegern des Fürsten Rana gegenüber. An der Seite des Fürsten der Rote Reiter. Ob er mit seinen Legionen helfen kann, bleibt ungewiss. Zunächst scheint es um einen Kampf in althergebrachten Dimensionen zu gehen. Schon bald wird aber klar, es geht um das Ganze, es geht um den Kampf der Kämpfe. Hier wird nicht um Land und Reichtümer gekämpft. Vielmehr entbrennt ein mit äußerster Härte geführter Kampf um den gesamten Erdball, um alles, was war und jemals sein werden würde. Es geht um unsere bestehende Weltordnung mit für Millionen damit verbundenes Leid, ein Kampf gegen Unterdrückung und Ausbeutung, Egozentrik und Rücksichtslosigkeit: Fürst Rana führt seine Legionen mit 350.000 Kriegern des Lichts in einen scheinbar aussichtslosen Kampf. Der Tod scheint gewiss bei der kaum noch vorstellbaren gewaltigen Übermacht der eine Million Dämonenkrieger, ausgestattet mit Waffen von grausamster Zerstörungskraft. Schon bald wird dieser Kampf entschieden, ist er doch bereits seit langer Zeit auch um uns herum und überall im Gange. Bald muss sich die gesamte Menschheit entscheiden, auf welcher Seite sie stehen und kämpfen will. Der Ausgang dieser Schlacht wird von uns allen selbst mitentschieden.

Diese Geschichte ist nichts für schwache Gemüter, beschreibt sie in vielen Passagen doch auch unsrer Zeit. Nicht für Kinder geeignet.

Atlantis lebt!

Unbekannte Lebensformen im Erdinneren entdeckt. Anfang der 1990er-Jahre begann man südlich von München mit Tiefenbohrungen auf der Suche nach neuen Energiequellen.

In einer Tiefe von über 4000 Metern stößt das Forscherteam unter dem damaligen Leiter Dr. Werner auf ein riesiges Reservoir von 140° C heißem Thermalwasser.

Bei der Auswertung machen die Wissenschaftler eine unglaubliche Entdeckung:

Dr. Werner kann bislang völlig unbekannte Lebensformen in dem heißen Wasser nachweisen.

Auf einer Pressekonferenz zu dieser Sensation kommt es zum Eklat: Offenbar wollen Wirtschaftsverbände und Politiker die Resultate vertuschen. Schlägertrupps stören die Veranstaltung und versuchen an die beweiskräftigen Bilder zu kommen.

Einem jungen Journalisten aus Wien gelingt es, diese einzigen Beweise für die Existenz der Lebewesen zu stehlen, und gerät in einige Schwierigkeiten.
Ob die neue Lebensform der Thermal-Biotics eine Chance hat, ist fraglich.

Ein engagiertes Buch für den Erhalt unserer Erde und ein friedliches Miteinander ihrer Bewohner.

1. Das Geheimnis der alten Ming-Vasen und 2. Letzter Aufruf Afrika.

Auch für Kinder zum Vorlesen geeignet.

1. **Der Bauer Woh Kann Doo** hat eine Kuh namens Chie. Diese Kuh gibt jeden Tag einen Eimer beste Milch, von der er sich und seine Familie gut ernähren kann. Diese Kuh hat er von seinem Vater erhalten und der hat sie wiederum von seinem Vater. Sie ist seit vielen Generationen bei den Doo`s und sorgt für deren Auskommen. Da die Kuh seit jeher bestens versorgt und wie ein Familienmitglied behandelt wurde, war sie überglücklich und zufrieden.
Noch nie hatte sie einen Gedanken an Leid, Krankheit oder gar den Tod verschwendet. Dadurch war sie unsterblich. Eines Tages packt den jungen Bauern die Gier. Ein Eimer Milch ist ihm nicht mehr genug. Er will raus aus dem kleinen Bauernhaus in dem die Doo`s seit

Generationen leben. Ein neues, großes Steinhaus in der Stadt soll es sein. Mit der Kuh erhofft er sich das schnelle Geld. Er melkt seine Kuh immer häufiger, bis sie schließlich drei Eimer Mich am Tag gibt. Das eigenen, gute frische Futter von seinen Feldern verkauft er und kauft billiges Schimmliges Heu. Er Chie in einen dunklen zugigen Stall. Keiner kümmerte sich mehr um sie. Nur noch alle 3 Tage wird ausgemistet. Zum Trinken gibt es abgestandenes Wasser. Die Kuh Chie ist darüber so unglücklich, dass sie das erste Mal in ihrem Leben an Krankheit und Tod denkt. Das sie im Sterben liegt bemerkt der gierige Bauer erst, als es fast schon zu spät ist.

2. Letzter Aufruf Afrika,

Eindrucksvoll wird von einer Nomadengruppe berichtet, die wie jedes Jahr im Herbst ins warme Winterquartier aufbrechen will. Wenige Tage vor Aufbruch, wird ein junges Mitglied einer Familie durch ein Ungeschick schwer verletzt. Er ist nicht in der Lage, diese schwere Reise an zu treten.

Als die Sippe aufbrechen will, kann sich diese Familie dem übrigen Glan nicht anschließen, da ihr Junge die Anstrengungen nicht überstehen würde.

Trotz des nahenden Winters beschließen die Sippenanführer noch eine Woche zu warten. Aber auch nach dieser Zeit würde er die Strapazen nicht überleben. Weiteres Abwarten würde das Überleben der ganzen Sippe gefährden. Als die übrigen Familien in den frühen Morgenstunden aufbrechen, bleibt die Mutter bei ihrem verletzet Jungen und hofft auf ein Wunder.

Die Lage ist aussichtslos. Ein überwintern in diesen Breiten würde alle das Leben kosten.

Alleine wäre der beschwerliche und gefährliche Weg, keinesfalls zu schaffen. Von Tag u Tag wird es kälter und die ersten Fröste überziehen das Land.

Eine Geschichte, über Zusammenhalt, Zuneigung, Mut und eisernem Willen

Mallorcas Karftplätze. Mit der Wünschelrute zu den Kraft- Plätzen der Insel Mallorca.

Mallorca einmal anders. Die Zauberinsel im Mittelmeer nicht nur auf den üblichen Landschaftsrouten der Touristen, sondern mit den Augen und allen Sinnen eines leidenschaftlichen Wünschelrutengängers betrachtet. Denn der Autor ist selbst Einer von dieser seltenen Spezies, ein besonders begeisterter und erfahrener. In diesem Buch nimmt er uns mit auf seine abenteuerliche Spurensuche. Seine einzigartigen Erfahrungen, die intensive Kommunikation mit Tieren, Pflanzen und Steinen, spannender geschildert als jeder Krimi, faszinieren. Aber auch die üblichen Reiseinformationen über die schönsten Buchten, die erlangen Strände, die pittoresken kleinen Dörfer, die Highlights der größeren Städte und die

Glanzlichter der Insel-hauptstadt Palma werden nicht ausgespart. Neben der Beschreibung vieler Sehenswürdigkeiten, nimmt uns der Autor mit auf ausgewählte, von ihm persönlich durchgeführte Wanderungen. Anschaulich und nachvollziehbar vermittelt der Autor die Handhabung der Wünschelrute und den Gebrauch des Pendels. Mit Hilfe dieser uralten Techniken, die fast vergessen waren, ergeben sich ungeahnte Möglichkeiten. Sie eröffnen uns eine ganz neue Sichtweise, wir erleben dadurch wunderbare, manchmal unglaublich erscheinende Dinge und Begegnungen der besonderen Art. Dieser Reisebericht ist ein einzigartiges Geschenk. Der Zugang zu einer Welt, die einem bis dahin vielleicht fremd und unbekannt war: wunderbar bereichernde Erlebnisse und Erfahrungen, die auch in unser Alltagsleben ein-fließen werden.

Rana, und die alte Linde, Hüter des Orakels und des goldenen Amulettes. Leben auf dem Kultplatz!

3.000 Jahre, die wechselvolle Geschichte eines Dorfes aus der Sicht der Bäume.
Dies ist die wechselvolle Geschichtete eines kleinen Dorfes. Sie beginnt etwa 1.000 Jahre vor Chr. Die Chronik des einstigen Kultplatzes wird von den nahen Bäumen am Waldrand erzählt.

Hierbei spielt die alte knorrige Linde eine besondere Rolle. Sie steht da seit Beginn der Zeit und hat so manches erlebt, all dies gibt sie in dieser Erzählung weiter. Sie hat die Aufgabe den Kultplatz zu schützen und die Geister der Finsternis zu vertreiben.

Vor 3.000 Jahren wird der junge Rana erstmals von seinem Vater Gunnar, der zur Sippe der Krähen gehört, mit zur alten Linde Heros genommen. Dort erfährt er von seinen besonderen Fähigkeiten mit Bäumen und Pflanzen kommunizieren zu können. Zwischen Rana und den Bäumen entsteht eine besondere Beziehung. Rana und sein Nachkomme sollen den Platz und seine Geheimnisse für immer schützen.

In unserer Zeit wird Jakob, ein Familienvater, ohne sein Wissen von den Bäumen als Beschützer des Ortes auserwählt. Dabei soll ihm die Kraft des goldenen Amuletts helfen. Er soll den Kampf gegen die Mächte der Finsternis im Sinne Ranas weiterführen und endgültig für die Mächte des Lichts entscheiden.

Ein verbitterter Kampf um den einstig heiligen Platz.

Die Familie um Jakob gerät hierbei in Lebensgefahr.

Wird es gelingen diesen Ort zu befrieden?

Die letzten ihres Stammes

Im Bereich der Sagen umwobenen Mascaschlucht und den unzugänglichen Bergen und Schluchten Teneriffas verstecken sich seit hunderten von Jahren die Nachkommen der Guanchen. Paul hat seit einer halben Ewigkeit nichts mehr von seinem Jugendfreund Robert gehört, als ihn plötzlich die Nachricht erreicht: Robert ist tot und er hat ihm sein Eigentum, eine verfallene Stein Hütte auf Teneriffa hinterlassen, wo er viele Jahre seines Lebens verbrachte. Paul entscheidet sich das Erbe anzunehmen und fliegt nach Teneriffa. Dort begegnen ihm die merkwürdigsten Ereignisse und er stößt in einem alten Tagebuch auf ein Geheimnis, das er nie für möglich gehalten hätte. Nicht nur er interessiert sich dafür, auch die spanische Regierung wird auf ihn und das Geheimnis aufmerksam.

Gibt es die in diesem Tagebuch von Robert beschrieben Ureinwohner tatsächlich. Wieso und warum verstecken sie sich dort und unternehmen alles ihre Existenz geheim zu halten?

Verse & Gedanken
Eine Sammlung von Gedichten, Versen und vielen
Kurzgeschichten.

Kunstaktionen.
Eine Zusammenfassung ironischer, selbstkritischer
und provokativer Aktionen der letzten 25 Jahre.

Bilder und Skizzen.
Ein Resümee vieler Arbeiten aus zwei Jahrzehnten.
Öl, Acryl, Kohlezeichnungen und Radierungen.

Skulpturen.
Dreidimensionale Kunst aus Stein, Holz und
Metall

land-art.
Vergängliche Kunst in und mit der Natur.
Die Königsdisziplin

Vita

Paulo Aktionskünstler und Autor.

1957 in der Nähe der Deutsch-Französischen Grenze geboren.

Mit 12 Jahren kreierte er seine ersten Holzskulpturen und nahm an Ausstellungen teil.

Texte und Gedichte folgten ab dem 17 Lebensjahr.

Kunst in Form von Bildern und Skulpturen begleitete in fortan. Über die Jahre zahlreiche Einzel- und Gruppenausstellungen. Neben seiner handwerklichen Ausbildung mit vier Meistertiteln und zahlreichen Schulungen im In- und Ausland, zog es ihn 1984 nach Bayern.

Auf dem Gebiet alter fast verloren gegangener Handwerkstechnicken war er ebenso, wie im Bereich der Kulissen-gestaltung- und Kulissen-malerei aktiv. In Oberbayern lebte er 20 Jahre auf seinem Hof, auf dem er neben seinem beruflichen/künstlerischem Engagement mit seiner Familie, Ponys, Pferden, Ziegen, Schafen und Kaninchen ein Therapiezentrum für Kinder betrieb. Heute lebt und arbeitet der Künstler in Bad Tölz. Hier widmet er sich voll und ganz seiner Passion der Kunst und des Schreibens. Gerade die Nähe der Berge, die Natur und der sich ständig wandelnde Fluss der Isar inspirieren ihn.

Er absolvierte er eine Schamanische und Geomantische Ausbildung.

Wikipedia: **Geomantie** oder *Geomantik* (altgriechisch] „Erde" „Weissagung", also in etwa *Weissagung aus der Erde*) ist auch eine Form des Hellsehens, bei der Markierungen und Muster in der Erde oder Sand, Steine und Boden zum Einsatz kommen. Heute ist die Geomantie im ursprünglichen Sinn in Europa fast verschwunden. Der Begriff wird heute für andere Methoden verwandt, zum Beispiel in Zusammenhang

mit den sogenannten Ley-Linien, die eher dem chinesischen Feng Shui ähneln.
Die Lehre eines Shaolin-Mönchs und die Atempausen in Klöstern führten ihn weiter auf seinem Lebensweg.
Dabei erlernte er fast vergessene Methoden und Vorgehensweisen, unter anderem ganz bestimmte Traum Meditationen.
Durch die Fähigkeit sich in Tagträumen voll und ganz in die jeweiligen Schauplätze und die Protagonisten seiner Erzählungen zu vertiefen, gelingt es ihm, vielerlei verborgene Dinge zu spüren und zu sehen.

Seine Empfindungen, Erlebnisse, die Begegnungen und die Abenteuer, die er bei seinen Reisen erlebt, gibt er in seinen Büchern und Erzählungen weiter, die er neben seinen künstlerischen Arbeiten seit vielen Jahren verfasst.
Abenteuergeschichten, Romane, Science- Fiction und Märchen um Trolle, Zwerge, Feen, Elfen und zauberhafte Fabelwesen nehmen seine Leser mit in eine wunderbare Welt der Fantasie.

In vielen seiner Texte, Umwelt- und Friedensaktionen greift er ökologische, gesellschaftliche und soziale Themen auf. Er mischt sich seit über 30 Jahren aktiv ein und bezieht klar Stellung.
Seine Geschichten tragen oftmals eine geheimnisvolle, subtile und doch einfache Botschaft zum Schutz der Erde und der Welt, in der wir leben, in sich anregend, selbstkritisch, ironisch, spannend, anschaulich, zauberhaft.

„Im Mittelpunkt meiner Arbeiten steht die Erde, die ich als eigenständiges Lebewesen betrachte, sie ist für mich die Materialisierung der göttlichen Existenz."

Die Erde ist vollkommen sie kann nicht verbessert werden.
Wer sie besitzen will wird sie verlieren.
Wer sie ausbeute wird sie zerstören.

www.erdpate.de